뮈세의 베네치아

KB150745

작가가 사랑한 도시 06

뮈세의 베네치아

초판 1쇄 인쇄 _ 2010년 7월 1일
초판 1쇄 발행 _ 2010년 7월 10일

지은이 _ 알프레드 드 뮈세 | 옮긴이 _ 이찬규 · 이주현

펴낸이 _ 유재건
펴낸곳 _ (주)그린비출판사 | 등록번호 _ 제313-1990-32호
주소 _ 서울시 마포구 동교동 201-18 달리빌딩 2층
전화 _ 702-2717 | 팩스 _ 703-0272

ISBN 978-89-7682-115-7 04800 978-89-7682-109-6(세트)
이 도서의 국립중앙도서관 출판시도서목록(e-CIP)은 e-CIP 홈페이지
(http://www.nl.go.kr/ecip)에서 이용하실 수 있습니다.(CIP제어번호:CIP2010002319)
책값은 뒤표지에 있습니다. 잘못 만들어진 책은 서점에서 바꿔 드립니다.

그린비출판사 나를 바꾸는 책, 세상을 바꾸는 책
홈페이지 _www.greenbee.co.kr | 전자우편 _editor@greenbee.co.kr

작가가사랑한도시 **06**

뮈세의 베네치아

알프레드 드 뮈세 지음, 이찬규·이주현 옮김

베네치아

— 알프레드 드 뮈세

붉게 물든 베네치아
움직이는 배 한 척도
물가에 낚시꾼도
초롱 하나 없는

해변에 홀로 앉아 있는
거대한 사자는
고즈넉한 수평선 위로
청동의 발을 들어올리네

그 주위로, 크고 작은 배들
무리를 지어
왜가리들을 닮아
둥그렇게 웅크리고

희부윰한
물 위에서 조는 듯
제 깃발들을 가벼이 나부끼며
안개 속을 가로지르네

희미해진 달빛은
별빛 어린 구름이
지나가는 전방을
흐릿하게 비추네

산타-크로체 수녀원장은
자신의 법의 위로
주름 넓은
망토를 늘어뜨리네

오래된 궁전들
우람스런 회랑들
기사(騎士)들의
하얀 계단들

그리고 다리와 길들
음울한 동상들
바람으로
물결치는 만(灣),

긴 미늘창을 들고
병기창을 밤새 지키는
보초들을 제외하곤
모든 것이 고요하다네

―아! 여기 한 여인이
달빛 아래서
귀를 쫑긋 한 채
젊은 미남 애인을 기다리네

준비된 무도회를 위해
치장을 마친 한 여인은
거울 앞에서
검은 가면을 쓰네

향기로운 침대 위에서
황홀경에 빠진 베네치아의 여인
졸음에 겨워 하며
다시금 연인을 껴안네

광녀 나르시사도
곤돌라에 몸을 싣고
아침이 올 때까지
향락에 젖어 있네

이탈리아에서 넋을 잃지
않는 자 있단 말인가?
가장 아름다운 사랑의 날들을
간직치 않은 자 있단 말인가?

길고 지루한 시간들은
늙은 총독의 관저에 걸린
낡은 벽시계더러
밤마다 헤아리라고 하세나

연인이여, 차라리
거역하는 그대의 입술에 남겨 놓은……
아니, 허락된 무수한 입맞춤들을
헤아려 보세

차라리 그대의 끌림을 헤아려 보세
그리고 우리가 관능의 값으로 치른
부드러운 눈물들을
헤아려 보세!

―『에스파냐와 이탈리아 이야기』
(1830) 중에서(이찬규 옮김)

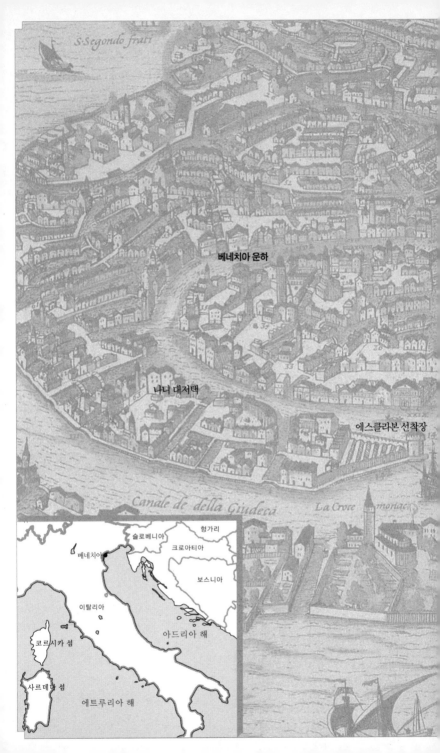

리알토 다리

산 마르코 성당

캄파닐레 종탑

산 마르코 광장

두칼레 궁전

산 조르조 마조레 성당

S.Cipriano badia

S.Michiele frati

S.Christoforo

Gio Battista frati

S.Georgio maggiore Gati et Ba

La G

S.Clementi frati

• • • • • •
스물두 살의 낭만주의 시인 알프레드 드 뮈세는 스물아홉의 작가 조르주 상드와 사랑에 빠져 베네치아로 사랑의 도피를 떠난다. 그곳에서 사랑만큼이나 글쓰기에의 열정을 성실하게 불태우는 상드 곁에서 고독해진 뮈세는 심장이 터질 듯한 사랑의 열병을 앓는다. 그는 이 사랑의 고통으로부터 얻은 영감으로 16세기 베네치아의 천재화가 티치아노가 남긴 가상의 아들 피포와 그의 은밀한 귀족 연인 베아트리체의 사랑 이야기를 써내려 간다.

차 례

일러두기

1 이 책은 Alfred de Musset, *Le fis du Titien*, 1838을 완역한 것이다.
2 본문 이해를 돕기 위한 옮긴이 주 가운데 인명과 지명 등의 간략한 정보는 본문에 작은
   글씨로 덧붙였으며, 좀더 상세한 설명이 필요한 내용은 각주로 처리하였다.
3 외국 인명이나 지명, 작품명은 2002년 국립국어원에서 펴낸 외래어표기법을 따라 표
   기했다.

Venice

I

1580년 2월의 어느 새벽녘이었다. 한 젊은이가 베네치아의 피아체타 광장을 가로지르고 있었다. 옷매무새는 흐트러져 있었고, 진홍색의 아름다운 깃털이 흔들리는 챙 없는 모자가 그의 귀를 덮었다. 검과 외투가 에스클라본 선착장의 해변을 향해 성큼성큼 걸어가는 그의 뒤에서 끌렸다. 땅바닥에 잠들어 있는 낚시꾼들이 길을 막고 있을 때면, 그는 도도하게 그들을 훌쩍 뛰어넘었다. 그는 파리아 다리에 도착하자 걸음을 멈추고 주위를 살펴보았다. 주데카 섬 뒤로 달이 이울고 있었고, 새벽빛은 두칼레 궁전을 황금빛으로 물들이고 있었다. 이따금씩 이웃한 저택에서 두터운 연기와 함께 환한 빛이 새어 나왔다. 들보, 돌, 커다란 대리석 덩어리와 같은 수많은 잔해들이 운하를 가로막고 있었다. 얼마 전 발생한 화재가 운하 가운데에 있던 어느 귀족의 저택을 무너뜨렸던 것이다. 아직도 명멸하고 있는 그 재난의 불꽃들 사이로 폐허를 감시하는 무장 군인이 언뜻 보였다.

하지만 우리의 젊은이는 이 파멸의 현장에도, 새벽빛으로 물든 아름다운 하늘에도 심드렁해 보였다. 그는 마치 시린 눈을 쉬게 하려는 듯 얼마간 수평선을 바라보았다. 그러나 점차 밝아 오는 빛이 그에게 불쾌한 느낌을 주는 듯했다. 외투로 몸을 감싼 채 가던 길을 다시 재촉했기 때문이다. 그는 곧 어느 저택 앞에 멈춰 문을 두드렸다. 횃불을 든 하인이 문을 열었다. 들어서려는 순간, 그는 고개를 돌려 창공으로 다시 눈길을 던졌다. 그러고는 이렇게 외쳤다.

"어쨌든! 나의 카니발은 비용이 많이 들지."

그는 폼포니오 필리포 베첼리오라고 불리는 청년이었다. 티치아노의 둘째아들인 그는 재능과 상상력이 모두 뛰어나서 그에 대한 아버지의 행복한 기대감은 대단했었다. 그러나 그의 열정은 도박판에서 소진되었다. 위대한 화가였던 아버지와 장남인 오라조가 거의 동시에 세상을 뜬 것은 4년 전이었다. 젊은 피포폼포니오의 애칭는 그때부터 자신에게 두 번에 걸쳐 주어진 막대한 유산의 대부분을 탕진했다. 그러는 동안 타고난 자신의 재능을 함양하고 가문의 영광을 지키는 사명은 뒷전으로 밀려났다. 낮에는 자다가 밤이 찾아오면 베네치아의 젊은이들을 몰락시키는 일을 하는 오르시니 공작부인의 집에서 놀아났다. 공작부인을 자칭하는 이 여인의 집에는 매일 밤 귀족과 유녀遊女들이 모여들었다. 사람들은 늦은 저녁을 먹으며 놀았다. 그리고 여주인은 식대를 받지 않는 대신 도박판이 벌어지면 당연한 것처럼 개평을 떼었다. 금화가 무더기로 흘렀고, 키프로스의 포도주가 넘쳤다. 추파들이 쉼 없이 오고갔고, 이래저래 얼이 빠진 희생자들은 자신들의 돈과 이성을 모두 그곳에 저당잡혔다.

이 이야기의 주인공은 바로 그 위험한 장소에서 나왔던 것이다. 그가 그날 밤에 잃은 것은 한두 가지가 아니었다. 주사위 노름으로 호주머니를 털린 것 외에, 그가 완성시켰던 유일한 그림이자 모두가 탁월하다고 칭찬을 아끼지 않았던 작품이 그날 돌피노 대저택의 화재로 사라져 버렸던 것이다. 아버지 티치아노의 명성에 버금가는 붓의 열정과 대담함이 담긴 역사화였다. 하지만 어느 부자 상원의원에게 팔렸던 그 그림은 수많은 다른 귀중품들과 같은 운명을 맞았다. 하인의 부주의가 그 값진 보물들을 어이없게 한 줌의 재로 만들었다. 하지만 피포는 그것을 조금도 안타까워하지 않았다. 그는 주사위 놀음에서 돈을 잃게 만들었던 그 악착스런 불운만을 생각하였다.

집으로 돌아온 피포는 테이블보를 걷어 올리고 서랍에 남아 있는 돈을 세기 시작했다. 그러고 나서 본디 낙천적인 성격을 지닌 그는 실내복으로 갈아입은 뒤 창가로 다가갔다. 날이 환한 것을 바라보며 그는 잠들기 위해 덧창을 닫을 것인지 아니면 여느 사람들처럼 깨어날 것인지 자문해 보았다. 하늘에 떠 있는 태양을 본 지 오래되었으며 여느 때보다 하늘이 더 화창하다고 느꼈기 때문이었다. 졸음에 겨워 하며 한낮을 뜬눈으로 보낼지 잠을 청할지 결정하기에 앞서, 그는 우선 발코니에 놓여 있던 초콜릿을 집었다. 눈을 감으면 테이블, 부산하게 움직이는 손들, 창백한 얼굴들이 보이는 것 같았다. 주사위통이 울리는 소리까지 들려왔다. "이 무슨 망할 재수란 말인가! 15점으로도 잃다니!" 그는 중얼거렸다. 그리고 평소 그의 적수인 늙은 베스파시아노 메모 씨가 18점으로 승리하여 카페트 위에 쌓인 금화를 긁어 가는 순간이 떠올랐다. 그는 그때의 악몽을 떨쳐 내려고 눈을 번쩍 뜨고 강변을 거니는 소녀들을 바라보았다. 그런데 저 멀리서 얼굴을 가린 한 여인이 언뜻 보였다. 카니발 기간이라고 해도 놀랄 만한 일이었다. 가난뱅이들은 얼굴을 가리지 않았기에, 그런 시간에 베네치아의 귀부인이 홀로 걸어다니는 것이 기이했던 것이다. 하지만 그는 그녀를 가까이서 볼 수 있게 되자 얼굴을 가린 베일이라 여겼던 것이 흑인의 맨 얼굴이었다는 것을 알아차렸다. 꽤 맵시가 있어 보이는 여자였다. 그녀는 종종걸음을 쳤는데 바람이 불자 꽃무늬 치마가 그녀의 엉덩이에 달라붙어 감칠맛 나는 태를 그려 냈다. 발코니에서 몸을 기울인 피포는 그 흑인 여자가 놀랍게도 자기 집 문을 두드리고 있는 것을 발견했다.

문을 열어야 할 문지기가 더뎠다.

"무엇을 원하느냐?" 젊은 사내가 먼저 외쳤다. "갈색 소녀여, 내게 볼 일이 있는 것이냐? 나는 베첼리오다. 원한다면, 내려가 문을 열어 주지."

흑인 여자가 고개를 들었다. "당신이 폼포니오 베첼리오인가요?" "그렇지, 하지만 피포라 불러도 된다."

"당신이 티치아노의 아들인가요?" "그런데?"

그녀는 호기심에 찬 눈길로 피포를 흘깃 바라보더니 몇 걸음 뒤로 물러났다. 그리고 종이로 감싼 작은 상자를 발코니 위로 던지고는 황급히 거리로 사라졌다. 피포는 상자를 주워 열었다. 상자 안에는 목화솜에 둘러싸인 작은 주머니가 있었다. 목화솜 밑에는 대개 이런 상황을 설명해 줄 서신이 있지 않겠는가. 예상대로 서신이 그곳에 있었지만, 그 내용이 야릇하였다. "이 주머니가 간직하게 될 것을 허투루 낭비하지 마세요. 집을 나설 때, 금전 한 닢만을 주머니에 넣으세요. 그렇게 하신다면, 그날 하루가 괜찮을 것입니다. 그리고 저녁에 무엇인가 남아 있거든, 그것이 아무리 적은 것이라도, 자선을 베풀 수 있는 가난한 자를 찾아보도록 하세요."

청년은 상자를 이리저리 돌려보다가 주머니까지 다시 살피고 나서 강변으로 눈길을 돌렸다. 그가 더 이상 알아낼 수 있는 것이 없다는 사실을 깨달았던 것이다. 그는 생각했다. '선물이 별난 것은 인정해야겠지만 정말 잔혹한 순간에 도착한 것이야. 조언은 좋으나 아드리아 바다의 심연에 이미 익사한 자에게는 너무 늦은 감이 있지. 어떤 악마가 이걸 보낸 것일까?'

피포는 흑인 여자가 하려는 것을 쉽게 알아차릴 수 있었다. 그리고 기억을 더듬으며 이런 물건을 그에게 보낼 수 있는 여자 혹은 친구가 누구일지 생각하기 시작했다. 그리고 그의 신중함이 그를 무분별하게 만들지는 않았기에 친구라기보다는 한 여자일 것이라는 확신에 이르렀다. 벨벳으로 된 주머니는 금으로 자수가 놓여 있었다. 상인의 가게에 진열되어 있기에는 너무나도 그윽한 섬세함이 배어 있는 물건이었다. 그는 그 주머니가 어디에서 그에게로 왔는지 찾기 위해 우선 베네치아의 가장 아름다운 부인들을, 그리고 다음에는 그보다 못한 부인들을 머릿속에서 그려 보았다. 청년은 그동안 가장 대범하고 가장 달콤한 꿈들을 꾸었고, 물건의 주인공이 누구인지 알아맞혔다는 생각에 몇 번씩이나 탄성을 내지르기도 했다. 편지의 필체를 알아보기 위해 애쓰는 동안에 그의 심장은 뛰었다. 이렇듯 편지를 대문자로만 적는 볼로냐의 대공녀 한 분이 있었다. 혹은 브레시아의 한 아름다운 부인의 글씨체로 여겨지기도 했다.

이러한 달콤한 꿈들 속으로 잊고 싶은 생각 하나가 갑자기 밀려오는 것보다 더 불쾌한 경우는 없으리라. 그것은 마치 꽃이 핀 들판을 거닐다가 뱀을 밟는 것과 흡사하다. 얼마 전부터 그를 일껏 괴롭혔던 모나 비앙키나*라는 여성을 갑자기 떠올렸을 때 피포가 느낀 것이 그런 경우였다. 피포는 그녀와 우연히 가면무도회에서 객쩍은 불장난을 하였다. 예쁘장한 편이었으나, 그녀에게 사랑의 감정을 느끼지는 못했다. 하지만 모나 비앙키나는 그

---

* 모나(Mona)는 이탈리아어에서 유부녀의 이름 앞에 붙이는 경칭이다.

와 반대로 그를 향하는 갑작스런 열정에 사로잡혔고, 피포의 사교적인 예절조차 사랑으로 여겼다. 사랑에 빠진 그녀는 숱한 연서들을 적었고 부드러운 비난으로 그를 괴롭혔다. 어느 날 피포는 그녀의 집을 나오며 다시는 그곳에 가지 않겠다고 다짐했고, 여태까지 그 다짐을 지켜 왔다. 하여 모나 비앙키나가 그 주머니를 만들어 보낼 수도 있다는 생각에 이른 것이다. 이러한 의심은 그를 매혹시키던 환상과 유쾌함을 순식간에 날려 버렸다. 생각하면 할수록 그의 가정이 더 그럴듯하게 여겨졌다. 불쾌해진 그는 창문을 닫고 잠을 청하기로 마음먹었다.

하지만 잠들 수 없었다. 그런 가정에도 불구하고 자존심을 치켜세우는 또 다른 가정들이 꼬리를 물고 떠올랐다. 상념이 시나브로 계속되었다. 때로는 주머니를 잊어버리려 했고, 더 편안한 마음을 갖기 위해 모나 비앙키나의 존재 자체를 부정하려고도 했다. 커튼을 쳤고 희미한 빛조차 보지 않으려고 벽 쪽으로 돌아누웠다. 하지만 갑자기 침대에서 벌떡 일어나 하인을 불렀다. 여태까지 떠오르지 않던 간단한 생각을 하게 된 것이다. 모나 비앙키나는 부자가 아니었다. 그녀에게는 한 명의 하녀가 있을 뿐이었는데, 흑인이 아니라 키오지아 출신의 뚱뚱한 소녀였다. 모나가 그 일을 작당하기 위해 피포가 베네치아에서 결코 본 적이 없는 미지의 심부름꾼을 감히 구할 수 있었겠는가? "너의 그 검은 모습은 축복받으리라! 그리고 그녀를 검은색으로 물들인 아프

리카의 태양 또한!" 그는 외쳤다. 그리고 더 오래 기다리지 않고
하인에게 몸에 꼭 끼는 푸르프앵누빔 조끼을 가져오라 명하고 곤
돌라를 대기시키게 했다.

II

그는 베네치아공화국의 행정관 파르칼리고의 아내인 도로테아 부인을 만나러 가기로 결정했다. 연륜이 빛나는 이 부인은 공화국에서 가장 지적이며 부유한 사람들 중 하나였다. 게다가 그녀는 피포의 대모였으며 베네치아의 명사들을 거의 모두 알고 있었다. 그는 자신을 사로잡은 신비를 밝혀내는 데 그녀가 도움을 줄 수 있으리라 생각했다. 하지만 자신의 후견인 앞에 나타나기에는 너무 이른 아침이라고 생각한 까닭에 행정장관들의 저택들을 따라서 산책을 하며 시간이 흐르기를 기다렸다.

그런데 우연이라는 놈은 그가 바로 그곳에서 옷감 값을 흥정하고 있던 모나 비앙키나를 만나길 원했나 보다. 피포는 무심히 근처의 가게에 들어갔다가 마주친 그녀에게 시시껄렁한 몇 마디 말끝에 이렇게 덧붙였다. "모나 비앙키나, 오늘 아침 예쁜 선물과 현명한 충고까지 보내 주셨더군요. 그것에 대해 진정 감사드립니다."

확신에 찬 표현을 함으로써, 그는 자신을 괴롭혔던 의심을 일시에 풀어 버리고 싶었는지도 모른다. 하지만 모나 비앙키나는 아주 약은 여자였다. 그녀는 놀라움을 표현하는 것이 자신에게 이익이 될는지 아닌지를 따져보기 전에는 감정을 드러내지 않았다. 그녀는 사실 피포에게 그날 아침 아무것도 보내지 않았다. 그러나 그녀는 그를 속일 수 있는 순간을 놓치지 않았다. 그녀는 무엇에 대해 말하는 것인지 정말 모르겠다고 대답하면서 묘한 미소와 더불어 은근히 얼굴을 붉히는 것을 잊지 않았다. 결국 피포는 그녀의 부정에도 불구하고 주머니가 그녀에게서 왔다고 확신하게 되었다. 그는 물었다. "언제부터 그리도 예쁜 흑인 여자를 하인으로 두셨습니까?"

이 질문에 당황하고 무슨 답을 해야 할지 모른 모나 비앙키나는 잠시 머뭇거리다 갑자기 웃음을 터트리면서 피포를 떠났다. 낙담한 채 홀로 남게 된 그는 계획했던 방문을 포기했다. 집으로 돌아온 그는 주머니를 한쪽 구석에 던져 버렸고 더 이상 그것을 생각지 않았다.

그런데 며칠 후 그는 도박판에서 외상까지 지면서 엄청난 돈을 잃는 일을 겪었다. 빚을 청산하려면 금화들을 챙겨 가야 했던지라 큼지막하면서도 허리에 차기 안성맞춤인 그 주머니가 피포의 눈에 띄었다. 그는 그것을 허리에 둘렀다. 그날 저녁 그는 다시 도박을 해 수중에 있던 돈을 모두 잃고 말았다.

"계속하시겠습니까?" 피포의 돈이 떨어지자 나이 든 공증인 베스파시아노 경이 물었다.

"아니요. 이제 언약으로 내기를 하고 싶지는 않군요." 그는 답했다. "그러면 당신이 원하는 금액을 빌려 드리겠어요." 오르시니 공작부인이 목소리를 높였다. "저도 그러죠." 베스파시아노 경이 말했다.

"저 또한……." 공작부인의 여러 조카들 중 하나가 부드럽게 울리는 목소리로 거들었다. "있잖아요, 당신이 차고 있는 주머니를 한번 열어 보세요, 베첼리오 씨, 그 안에 제키노 금화 한 닢쯤은 아직 들어 있지 않을까요."

피포는 미소를 지었고 자신의 주머니 속에서 정말 그가 모르고 있었던 제키노 금화 한 닢을 발견하였다. 그는 말했다. "좋습니다. 한 번 더 내기를 하지요. 이것보다 더 걸지는 않겠습니다." 그가 그 주사위 놀음에서 승리하였다. 다시 돈을 두 배로 걸어 놀음이 시작되었다. 요컨대, 단 한 시간 만에 그는 전날뿐만 아니라 그날 밤에 잃은 판돈을 모두 다 회수했다.

"계속하시겠습니까?" 이제 피포가 자신 앞에 빈털터리로 앉아 있는 베스파시아노 경에게 물었다.

"아니오! 금화 한 닢 이상을 걸지 않은 사내에게 고스란히 돈을 잃은 내가 바보이죠. 빌어먹을 주머니! 분명 무슨 마법의 힘이라도 갖고 있는 것이 틀림없군요."

공증인은 화가 나 방을 나섰다. 피포 또한 그를 따라 나서려 하는 순간, 금화에 대해 일러 주었던 공작부인의 조카가 웃으며 말을 건넸다.

"당신을 승리로 이끈 금화를 저에게 선물하세요. 당신의 행운은 제 덕이니까요."

그 제키노 금화엔 알아볼 수 있는 작은 표시가 있었다. 피포는 그것을 되찾자 예쁜 조카에게 주려고 손을 내밀다가 갑자기 이렇게 외쳤다.

"진정 아름다운 당신께 이것을 드리지는 못하겠지만, 제가 구두쇠가 아니라는 것을 증명하기 위해 금화 열 닢을 드리겠습니다. 이것들을 모두 받으세요. 그리고 얼마 전에 제가 받은 충고에 따라 이 금화는 신의 뜻을 위한 선물로 하려 합니다."

그는 말을 끝마치자 금화를 창문으로 던졌다.

"모나 비앙키나의 주머니가 내게 행운을 준다는 것이 가능한 것인지? 내게 불쾌한 어떤 것이 나에게 행운을 가져다준다면, 우연이라는 놈의 각별한 조롱일 게야." 집으로 돌아가는 길에 그는 생각하였다.

피포는 그 주머니를 허리에 차고 놀음을 할 때마다 돈을 따게 됨을 곧 알 수 있었다. 그리고 거기에 금화 한 닢을 집어 넣으면서 자신이 미신적 숭배에 빠져들고 있음을 느꼈으며 때때로 자신도 모르게 상자 안에서 발견한 말의 진실을 생각했다. '금화는 금화인데……. 하루에 금화 한 닢 못 버는 사람들이 얼마나 많은가'라고 중얼거리기도 했다. 그러한 생각은 그를 좀더 신중하게 만들었고 낭비벽 또한 조금은 사라졌다.

그런데 불행스럽게도 모나 비앙키나는 행정장관들의 저택들 근처의 가게에서 피포와 나눈 이야기를 잊지 않았다. 그녀는 피포의 실수를 확고히 하기 위해 가끔씩 꽃다발이나 다른 쓸데없는 것들을 몇 마디 말과 함께 그에게 보냈다. 독자는 그녀의 치근댐에 피포가 매우 지쳤으며, 응대 또한 하지 않기로 마음먹은 것을 기억할 것이다.

그런 냉담함에 커다란 상처를 입은 모나 비앙키나는 젊은이의 부아를 돋우는 대담한 시도를 감행했다. 그녀는 그의 부재중에 집에 들러 하인에게 푼돈을 쥐어 주고 그의 방에 숨어 있었다. 그는 집으로 돌아와 숨어 있는 그녀를 발견했다. 그는 그녀에게 털끝만큼의 사랑도 느낄 수 없으니 자신을 그냥 편안하게 내버려 두라고 망설이지도 않고 청원했다.

앞에서 언급했듯이, 비앙키나는 예쁜 여자였다. 하지만 그런 청원은 어여쁜 비앙키나의 노염을 샀다. 이번에는 피포를 비난하는 그녀의 말투에 가시가 단단히 박혀 있었다. 그가 거짓 사랑의 맹세를 했기에 자신의 삶이 이렇게 망가졌으니, 그에 대한 복수를 할 것이라고 그에게 말했다. 피포는 그러한 위협들을 상대하기보다는 아예 무시하는 것이 낫다고 마음먹었다. 그녀에게 아무것도 두려워하지 않는다는 것을 보이기 위해서였다. 그는 아침에 그녀가 보냈던 꽃다발을 당장 가져가라 했고, 마침 주머니가 손에 들려 있었기에 그녀에게 말했다. "자, 이것 또한 가져가요. 이 주머니는 나에게 행운을 가져다주었지만, 이로써 나는 당신에게 아무것도 원하지 않는다는 것을 잘 알아 두시오."

성난 몸짓이 한풀 꺾이자 그는 후회했으며, 모나 비앙키나는 자신이 했던 거짓말이 드러나지 않도록 조심했다. 노염과 더불어 허위가 그녀에게 가득했다. 그녀는 주머니를 낚아채곤 자신을 박대했던 피포의 방식으로 그를 후회하게 만들리라 결심한 채 물러났다.

그는 평소처럼 저녁이 되자 도박을 했으나 돈을 잃고 말았다. 그 이후의 날들에도 행운은 더 이상 그에게 찾아오지 않았다. 베스파시아노 경이 언제나 주사위의 으뜸 점수를 가졌고 엄청난 돈을 땄다. 피포는 자신의 운과 미신에 대항했다. 고집을 부렸고, 다시금 잃었다. 오르시니 공작부인의 집을 나서던 어느 날, 마침내 그는 계단에서 이렇게 외치지 않을 수 없었다. "신이여, 저를 용서하소서! 저는 그 늙은 미치광이의 말처럼 그 주머니에 마력이 서려 있다는 것을 믿게 되었습니다. 제가 그것을 비앙키나에게 돌려준 이후로 단 한 번도 놀음에서 이긴 적이 없기 때문입니다."

그 순간 자신 앞에 꽃무늬 드레스가 마치 물이 흐르는 듯이 지나가는 것을 보았다. 드레스 밑으로 가늘고 맵시 있는 두 다리가 비쳤다. 신비한 흑인 여자였다. 그는 황망히 그녀에게 다가가 그녀가 누구이며 또한 누구의 사람인지를 물었다.

"누가 알겠어요?" 심술궂은 미소를 지으며 아프리카 여자가 대답했다. "적어도 그대는 알지, 네가 모나 비앙키나의 하녀가 아니더냐?"

"아니요. 모나 비앙키나, 그녀가 누구죠?" "이봐! 네가 발코니에 던졌던, 그 상자를 지난 번 나에게 배달시켰던 여자."

"오! 도련님, 저는 그리 믿지 않습니다." "알고 있어, 괜히 변죽 울릴 필요가 없느니라. 그녀가 내게 직접 실토했다."

"그녀가 도련님께 말했다면……." 하녀가 주저하며 말대꾸를 했다. 그러곤 어깨를 으쓱하면서 잠시 생각에 잠겨 있다가 부채로 피포의 볼을 살짝 때리더니 도망치며 외쳤다.

"멋진 도련님, 당신을 속인 것입니다."

베네치아의 길들은 아주 복잡하게 얽힌 미로와 같다. 알 수 없는 환상들처럼 수많은 방식들로 길들이 겹쳐 있어서 피포는 달아난 소녀를 다시 찾을 수 없었다. 그는 매우 난감하였다. 그가 두 가지 실수를 연이어서 저질렀기 때문이다. 첫번째로 비앙키나에게 그 주머니를 준 것이고, 두번째는 흑인 소녀를 붙잡지 못한 것이다. 도시를 되는 대로 쏘다니다가 그는 자신도 모르게 얼마 전 방문하려 했던 대모 도로테아 부인의 저택으로 향했다. 그는 자신의 관심을 끄는 모든 것에 대해 그녀의 의견을 묻곤 하였는데, 그것이 그에게 도움이 되지 않는 경우는 매우 드물었다.

그는 정원에 홀로 있는 그녀를 발견했고, 손에 키스를 한 뒤 이렇게 말했다. "대모님, 제가 방금 저지른 바보짓을 평해 주세요. 누가 제게 얼마 전 주머니 하나를 보냈습니다……."

그가 그렇게 말을 꺼내자마자, 도로테아 부인은 웃기 시작하더니 곧이어 말했다. "그런데! 그 주머니가 예쁘지 않더냐? 황금색 꽃들이 붉은 벨벳에 잘 어울린다는 생각이 들지 않았느냐?"

"뭐라고요! 어떻게 그것을 알고 있으세요?" 젊은이는 소리쳤다. 그때 여러 명의 의원들이 정원으로 들어왔다. 놀란 피포가 다그치듯이 건넨 질문에 아무 대답도 하지 않은 채, 존귀한 부인은 그들을 맞으려고 일어섰다.

III

이윽고 의원들이 물러갔으나 도로테아 부인은 피후견인의 재촉과 간청에도 아랑곳없이 결코 아무것도 설명하려 하지 않았다. 그녀는 피포를 안달나게 만든 자신의 말에 도리어 기분이 상해 있었다. 그녀가 개입하고 싶지 않은 모험의 비밀에 대해서 자신이 알고 있다는 사실을 그에게 털어놓은 셈이 되었기 때문이었다. 피포가 여전히 고집을 피웠기에 그녀는 마침내 입을 열었다.

"귀여운 아가, 너를 위해 그 주머니에 수를 놓은 사람은 분명 베네치아에서 가장 아름다운 귀족 아가씨들 중 하나란다. 내가 그 이름을 알려 주면 아마도 네게 좋은 일을 하는 것이겠지만, 내가 네게 말할 수 있는 것은 그것뿐이야. 그것이면 네게 충분하지 않느냐? 너를 도와주고 싶지만, 입을 다물어야 한다. 혼자만 아는 비밀을 폭로하지는 않을 것이야. 누군가 나에게 비밀을 맡겼다면, 그것을 숭고하게 여겨야 할 것이기 때문이야."

"숭고하게요, 대모님? 제게만 말씀해 주시면……. 저를 믿으실 수 있으실 텐데요."

"물론이지." 대꾸를 한 그녀의 위엄에 약간의 짓궂음이 묻어 있었다. "때때로 시를 쓰지 않느냐, 그러니 그것에 대한 소네트를 하나 지어 보련?" 그녀는 덧붙였다.

피포는 결국 아무것도 얻을 수 없음을 알게 되자 고집을 그만 부렸다. 하지만 그의 호기심은, 짐작할 수 있듯이, 극도에 달해 있었기 때문에 차마 대모 곁을 떠날 수가 없었다. 그는 자신의 아름다운 미지의 여인이 혹여 그날 저녁 방문이라도 하지는 않을까 기대하면서 파스칼리고 행정관 댁에 저녁식사를 핑계 삼아 계속 남아 있었다. 하지만 의원과 행정관들처럼 공화국의 가장 위엄 있는 인물들만 그곳에 등장할 뿐이었다.

해질 무렵이 되자 젊은이는 그곳을 벗어나 숲으로 갔다. 그는 그곳에 앉아 두 가지를 결심했다. 비앙키나에게서 주머니를 돌려받는 것, 그리고 도로테아 부인이 웃으며 자신에게 권했던 것, 다시 말해 자신의 모험에 대한 소네트를 짓는 일이었다. 소네트를 완성해서 대모에게 주면, 그녀는 분명 그것을 미지의 여인에게 보여 줄 것이기 때문이었다. 더 이상 머뭇거리지 않고 그는 자신의 계획을 실행하였다.

옷을 갖춰 입고 귀 위로 토크 모자를 정성껏 얹은 뒤 차림새가 괜찮은지 그는 거울을 바라보았다. 첫번째 계획은 거짓된 사랑의 맹세로 다시금 비앙키나를 유혹한 다음 부드럽게 그녀를 구슬리는 일이었다. 하지만 그렇게 하는 일이 그녀의 열정을 부채질해서 귀찮은 일들이 다시금 생길 것이라는 생각에 미치자 그는 곧 그 계획을 포기했다. 그는 그 반대를 택했다. 그는 마치 화가 단단히 나기라도 한 양 서둘러 그녀의 집으로 달려갔다. 절망적인 무대, 즉 그녀가 까무러칠 만한 연기를 계획하였던 것이다. 하지만 장차 나름대로의 평안을 그녀에게 찾게 해줄 계획이기도 했다.

모나 비앙키나는 검은 눈과 금발머리를 가진 베네치아 여인들 중 하나였다. 그런 모습은 예로부터 어느 시대에나 위험한 분위기를 풍기는 것이다. 피포는 그녀를 매정하게 대한 이후로 그녀로부터 어떤 메시지도 받지 못했다. 피포는 그녀가 자신에게 예고했던 복수를 남 모르게 준비하고 있을 것이라고 생각했다. 따라서 그는 상황을 더 악화시킬지라도 결정적인 한 방을 먹여야만 했다. 젊은이가 그녀의 집에 도착하였을 때 그녀는 외출을 서두르고 있었다. 그는 계단에서 그녀를 멈춰 세우고 방으로 들어가게 했다. 그러고는 외쳤다.

"불행한 여자여! 대체 무슨 짓을 한 것이오? 당신이 나의 모든 희망을 부숴 버렸고 당신의 복수는 이루어졌소!"

"저런! 무슨 일이 일어난 거죠?" 놀란 비앙키나가 물었다.

"당신이 그것을 묻는단 말이요! 당신이 보낸 것이라고 말한 그 주머니는 어디 있소? 당신이 아직도 감히 내게 거짓을 주장하려 한단 말이요?"

"제가 거짓말을 했든 안 했든 무엇이 중요하지요? 그 주머니가 어찌 됐는지 저는 모릅니다."

"죽지 않으려거든 그것을 돌려주시오." 피포는 그녀에게 달려들며 외쳤다. 그리고 가련한 여인이 이미 외출복을 차려입었음에도 아랑곳없이 가슴을 가리고 있던 베일을 거칠게 걷어 그녀의 심장에 칼을 겨누었다.

자신의 목숨이 경각에 달렸다고 여긴 비앙키나가 구조요청을 하려 했다. 하지만 그 소리는 피포가 그녀의 입과 함께 손수건으로 틀어막았다. 그는 우선 그녀가 다행히도 여태 보관하고 있는 주머니를 돌려달라고 위협하였다. "그대가 한 세도가를 불행으로 이끌었던 게야. 그리하여 그대는 베네치아의 가장 저명한 집안들 중 하나의 평화를 영원히 깨 버린 거지! 두려워할지어다! 그 무시무시한 집안이 그대를 지켜보고 있다. 그대도 그대의 남편도 이제 밤길 무서운 줄 알게 될 것이야. 밤의 주군들이 그대 이름을 자신들의 책에 적어 두었다. 공작궁의 지하 감옥을 생각하라. 그대가 심술궂게 알아내고자 했던 그 끔찍한 비밀에 대해 한마디라도 발설하게 된다면, 그대의 가족은 깡그리 사라질 것이야."

그는 그와 같은 말들을 내뱉곤 밖으로 나왔다. 사실, 베네치아에서 이보다 더 끔찍한 말을 할 수는 없었다. 코르테 마지오레¹ 이탈리아 북부의 도시 지역에서의 가혹하고 비밀스런 체포가 너무나 큰 공포심을 퍼트렸기에, 거기에 연루해서 조금이라도 의심을 받고 있다고 믿는 사람들은 저승사자를 만난듯이 떨었다. 바로 비앙키나의 남편, 세르 오리오에게 그러한 일이 일어난 셈이다. 비앙키나는 남편에게 피포가 그녀에게 했던 위협을 고했다. 하지만 그녀는 그 위협의 동기를 몰랐고, 피포 스스로도 알 수 없는 위협감을 일으킨 것이다. 단지 꾸며낸 위협이기 때문이었다. 그러나 세르 오리오는 어떤 이유로 궁중의 화를 불러일으켰는지 알려고 하는 것보다 당장 삼십육계 줄행랑을 치는 것이 낫다고 신중히 판단했다. 그는 베네치아에서 태어나지 않았고 그의 부모는 내륙에 거주하였다. 그 다음 날 그는 부인과 함께 배에 올랐고, 사람들은 이후로 그들에 대한 소문을 듣지 못했다. 이렇게 피포는 비앙키나가 그에게 한 나쁜 장난에 앙갚음을 했다. 그녀는 평생 공국의 비밀이 정말로 그녀가 은닉하려 했던 주머니에 담겨 있었다고 믿었고, 이 베일에 싸인 이상한 일에 대해서 추측만 할 수 있을 뿐이었다. 세르 오리오의 부모는 그것을 자신들의 특별한 얘깃거리로 삼았다. 사실 아닌 추측들로 인해, 그럴 법한 이야기가 하나 만들어졌다. 그들은 말했다. "어떤 귀부인이 티치아넬로, 즉 티치아노의 아들에게 매료되었다오. 그는 모나 비앙키나를 사랑하였지만 이루어질 수 없는 사랑이었지요. 그런데 티치아넬로를 위해 선물한 주머니에 직접 수를 놓은 그 귀부인이 다름 아닌 도제^{베네치아 공화국을 통치하던 최고지도자의 명칭} 부인이었어요. 티치아넬로가 비앙키나에게 이 사랑의 선물을 바쳤다는 것을 알게 된 그녀의 분노를 짐작하고도 남으시겠지요?" 파두아이탈리아 북부의 도시에서 가족들끼리 모여 낮은 목소리로 되풀이했던 이야기의 골자였다.

자신의 첫번째 계획에 성공한 우리의 영웅은 두번째 것을 시도하고자 했다. 미지의 여인을 위한 소네트를 짓는 일이었다. 자신의 가공할 연기에 스스로 만족한 그는 정열로 가득한 구절들을 빠르게 써 나가기 시작했다. 희망, 사랑, 신비 등 뭇 시인들이 애용하는 표현들이 그의 영혼으로 스며들어 왔다. 그리고 이 일이 베네치아에서 가장 귀하고 가장 아름다운 여인들 중 한 명과 관련이 있다고 대모님이 말했던 것을 떠올렸다. 따라서 그는 그에 걸맞은 음조를 유지하면서도 좀더 경이로운 표현을 찾아야 한다고 마음먹었다.

그는 썼던 것을 처음부터 끝까지 훑으며 지우고 다시 쓰기를 반복했다. 그러면서 힘겹게 찾은 몇몇의 운율과 그 부인을 닮은 상념들, 요컨대 그가 찾을 수 있는 가장 아름답고 귀한 것들을 모았다. 대담한 희망은 두려운 망설임으로, 신비와 사랑 속에는 존경과 감사를 깃들게 했다. 그리고 결코 본 적 없는 여인의 매력을 칭송할 수는 없는지라, 모든 미인들에 적용시킬 수 있는 모호한 표현들을 찬찬하게 사용했다. 두 시간에 걸친 사색과 노고 끝에, 그럭저럭 괜찮은, 격이 떨어지지 않는 열두 줄의 걸맞은 시구들을 만들어 냈다.

그는 그것들을 멋진 양피지 위에 옮겼고 여백에는 새와 꽃들을 그려 넣어 정성껏 채색했다. 그런데 그는 자신이 완성한 작품을 다시 읽어 보는 대신 창문 옆으로 흘러가는 운하에 그것을 던져 버렸다. "내가 도대체 무엇을 하는 거지? 내 마음속 깊이 간직된 생각을 말하지 않는다면, 이런 모험을 계속하는 일이 무슨 소용이 있단 말인가?" 그는 자문하였다.

그는 자신의 만돌린을 집어 페트라르카의 소네트에 작곡된 옛 노래를 한 곡 부르며 방 안을 이리저리 서성댔다. 십오 분 정도 지나, 걸음을 멈춘 그의 심장이 더욱 뛰기 시작했다. 예절도, 그가 만들어 낼 수 있는 아양들도 더 이상 생각하지 않았다. 그는 마치 전리품처럼 가져온, 비앙키나에게 빼앗아 와 탁자 위에 올려놓은 주머니를 바라보았다.

"나를 위해 이것을 만든 여인은 나를 사랑함이 분명하고 사랑할 줄 알고 있어. 이렇게 수 놓는 일은 시간이 걸리고 어렵지." 그는 혼잣말을 했다. "이 가는 실들로 이렇게 생동감 나는 색들이 나올 수 있도록 오랜 시간 동안 수를 놓았던 게야. 그리고 그동안 나를 생각한 것이야. 주머니와 함께 전해 온 간결한 말들에는 친구의 충고가 있었지. 수상쩍은 뜻은 없었어. 진심어린 여인이 보낸 사랑의 문양紋樣인 것이야. 그녀가 나를 생각한 것이 불과 한나절이라 하더라도, 그것을 나 몰라라 해서는 안 되지."

그가 소네트를 다시 쓰기 위해 펜을 들었을 때는 두려움과 희망 때문에 주사위 놀음에서 가장 많은 판돈을 걸었을 때보다도 더 흥분한 상태였다. 사색도, 머뭇거림도 없이 그는 서둘러 소네트 한 편을 완성했다. 그것을 여기에 대략 번역해 놓겠다.

어릴 적 페트라르카를 읽었을 때

나는 시의 영광을 나누고 싶어 했다네.

그는 시인으로 사랑하였고 연인으로 노래하였다네.

그만이 사용할 수 있는 신들의 언어로.

그만이, 스쳐 지나는 순간 알게 되는 비밀을

한동안 계속되는 심장의 두근거림을 알고 있었다네.

그리고 포실한 미소로, 황금단검의 끝으로

한없는 이미지를 정갈한 다이아몬드 위에 새겨 두었다네.

오, 내게 친구의 말을 건넨 당신,

어제 그것을 쓰고 내일 잊으실 당신,

당신께 감사하는 나를 기억해 주십시오.

페트라르카의 가슴을 지녔으나 내게는 그의 재능이 없다네.

저 아래서 나를 부르는, 나를 사랑하는 그분께

스치는 길에서라도 내 손을, 내 삶을 드릴 수밖에.

피포는 다음날 도로테아 부인의 집에 갔다. 그녀와 단 둘이 있게 되자, 그는 자신의 소네트를 이 명망 있는 부인의 무릎 위에 슬쩍 얹어 놓으며 말했다. "당신의 친구분을 위한 것입니다." 부인은 놀란 표정을 짓더니 소네트를 읽어 내려갔다. 그러고는 결코 누구에게도 보이지 않겠다는 맹세를 했다. 하지만 피포는 그 반대일 것이라고 확신했기에 미소를 지으며 그 점에 대해서는 전혀 근심치 않는다고 그녀를 안심시키고는 밖으로 나왔다.

IV

그는 마음이 매우 어수선한 가운데 일주일간을 보냈다. 하지만 그런 어수선함에도 나름대로의 매력이 있었다. 그는 집에서 조용히 두문불출하고 있었다. 말하자면 행운이 더 잘 이루어지도록 그냥 내버려 두는 것이 낫다고 생각했던 것이다. 그는 스물다섯 살일 뿐이었으나, 보통 그 나이에 지니기 힘든 지혜를 가지고 처신했다. 젊음의 초조함은 흔히 우리로 하여금 목표에 너무 빨리 도달하려 하다가 도리어 그것을 지나쳐 가게 만든다. 행운이란 때가 무르익을 때 잡히기를 바라는 것이다. 나폴레옹의 표현에 의하면 행운은 여인과 비견된다. 따라서 여인으로부터 얻어내려는 것을 그녀 스스로가 원해서 허락한 것처럼, 즉 그녀가 먼저 손을 내밀 시간이 필요한 것이다.

아흐레가 되는 날 저녁 즈음, 변덕스러운 여신이 젊은이의 문을 두드렸다. 알게 되겠지만, 여신이 사소한 일 때문에 왕림하겠는가. 그는 직접 내려가 문을 열었다. 흑인 하녀가 문 앞에 서 있었다. 그녀는 손에 들고 있던 장미 한 송이를 피포의 입술에 갖다 댔다. "이 꽃에 입맞춤을 하세요. 이것은 제 여주인의 입맞춤을 담고 있답니다. 과연 그분께서 위험을 무릅쓰는 일 없이 당신을 보러 오실 수 있을까요?" 그녀가 말했다.

"밝은 때 오신다면 그리 신중하시지 못한 처사이겠지. 하인들이 그분을 보고 말게야. 주인께선 밤 외출이 가능하신가?" 피포가 물었다. "아니오, 그분 입장에서 어떻게 그리 하시겠습니까? 밤에 나올 수도 없지만 주인님 댁에 당신을 받아들일 수도 없습니다."

"그럼 이곳 아닌 다른 곳, 적당한 모처로 그분께서 거동하셔야겠군." "아니오, 그분은 이곳으로 오고 싶어 하십니다. 이에 대한 대비를 부탁드립니다."

피포는 잠시 생각했다.

"주인님께선 일찍 일어나실 수 있으신가?" "해 뜰 무렵……."

"좋아! 잘 들게나. 나는 보통 매우 늦게 일어나거든. 그러니 우리 집 사람들도 아침 늦게까지 잠들어 있지. 부인께서 해뜰 무렵 와 주실 수 있다면, 기다리고 있겠네. 그분은 아무도 모르게 이곳으로 들어오실 수 있을 게야. 이후에 나가시는 일은 내가 책임을 지겠네. 부인께서 어두워질 때까지 우리 집에 머물 수 있다면 말이네."

"그러실 수 있을 거예요. 내일 괜찮으실런지요?"

"내일 새벽에 뵙도록 하세나." 피포가 말했다. 그는 전령의 가슴을 받치고 있는 코르셋 속으로 금화 몇 닢을 슬쩍 밀어 넣었다. 그리고 더 묻지 않고 방으로 돌아와 날이 샐 때까지 깨어 있기로 했다. 사람들이 그가 잠들었다고 믿게 하기 위해 그는 우선 옷을 벗었다. 혼자 있게 되자 불을 켜고 비단금 자수가 놓인 슈미즈, 향기 나는 러프칼라, 그리고 중국풍의 새틴 소매가 달린 흰 벨벳 상의를 걸쳤다. 모든 것이 준비되었고, 그는 창가에 앉아 자신의 모험을 꿈꾸기 시작했다.

부인이 그에게 한 약속, 사람들이 아마도 성급하다고 여길 수 있을 그 약속에 대해 그는 그리 거북한 생각이 들지 않았다. 우선 이 이야기가 16세기에 일어났음을 간과하지 말자. 그 시대의 사랑은 우리 시대의 것보다 더 빨리 진행되었다. 현실에서 우리가 오늘날 야비하다고 말할 것이 그 시대에는 진실함으로 여겨졌으며, 우리가 소위 덕이라고 일컫는 것이 당시에는 응당 위선으로 간주되었다. 어쨌든 미소년을 사랑하게 된 여인은 구차한 설명 없이 그를 단번에 찾아갔다. 그렇다고 그가 그녀에 대해 언짢은 생각을 가지지는 않았다. 누구나 자연스럽게 여기던 일에 얼굴을 붉힐 필요가 없었던 것이다. 프랑스 궁정의 어느 귀족은 모자 위에 깃털 장식 대신 연인의 실크 스타킹을 꿰차고 다니는 시대였고, 그런 차림을 루브르에서 보고 놀란 사람들에게 그는 그것이 자신을 사랑으로 까무러치게 한 여인의 스타킹이라고 자랑까지 했다.

피포의 성정이 그러하였다. 그가 설령 현대에 태어났다 하더라도, 그러한 성정은 바뀌지 않았을 것이다. 무질서와 광기, 그리고 그가 타인에게 때때로 거짓말을 할 수 있었다 해도 결코 자신까지 기만하지 않았다. 그는 겉모습보다 내면에 깃든 가치들을 추구하였고, 자신의 욕망이 진짜일 때는 위선보다는 차라리 책략을 썼다. 따라서 그에게 보낸 물건에 어떤 변덕심이 깃들어 있다 할지라도 그는 거기서 교태를 부리는 여인의 변덕만을 보지는 않았다. 왜냐하면 그 주머니를 만들기 위해 보내야 했을 시간과 그것에 놓인 수의 문양에는 정성과 섬세함이 오롯이 깃들어 있기 때문이다.

그의 기지들이 자신에게 약속된 행복보다 앞서고자 할 때, 그는 누군가가 들려줬던 터키의 결혼식을 떠올렸다. 동방 사람들은 혼례 때 신부가 얼굴을 베일로 가리고 있기 때문에 신랑은 그녀의 얼굴을 모든 의례가 끝나고 난 후에야 겨우 보게 된다. 그들은 부모들의 언약만으로 결혼을 하게 된다. 젊은 신부는 혼례 후에야 마침내 그 거래가 좋은지 나쁜지 확인할 수 있게 되는 남편 앞에 나타난다. 번복하기에는 너무 늦었기 때문에, 좋다고 생각하는 것보다 더 좋은 일은 없다. 게다가 그곳 사람들은 그런 결합들이 다른 방식들보다 더 불행하다고 여기지 않는 것이다.

피포는 자신이 그와 같은 터키의 약혼자와 다름없다고 생각했다. 그는 미지의 부인이 처녀일 것이라는 기대는 하지 않았다. 그리고 그것에 대해 괘념치도 않았다. 게다가 분명 그 만남은 의무감을 지니게 되는 공식적인 관계가 아니었다. 뜻하지 않은 불행한 일들을 걱정하지 않으면서도 기대와 놀람의 매력에 자신을 온전히 내맡길 수 있었고, 이런 생각은 그가 아쉬워할 수도 있을 것들을 대신하기에 충분한 듯했다. 그는 그 밤이 자신의 신혼 밤인 것으로 생각했다. 그의 나이에 이런 생각이 환희를 불러일으켰다 함은 자연스러운 일일 것이다.

첫날밤은, 특히 상상력이 뛰어난 사람에게 있어서는, 세상에서 가장 행복한 시간들 중 하나일 것이다. 그 어떤 고통도 그 행복을 깨지는 못한다. 철학자들은 고통을 수반하는 쾌락에 더 많은 깊이를 부여한다. 하지만 하찮은 양념이 생선을 더 신선하게 만들지 않는다는 주의主義가 피포의 경우였다. 그러니까 그는 쉬운 쾌락을 좋아하면서도 그것들을 마구잡이로 탐하지는 않았다. 그리고 그윽한 쾌락이 비싼 대가를 치르는 것은 거의 변치 않는 법칙이지만, 신혼의 첫날밤은 이 법칙에 예외적이다. 남자에게 가장 귀한 두 가지 성향인 게으름과 탐욕을 동시에 만족시키는 일생 유일의 상황이 첫날밤이다. 첫날밤은 젊은 남자의 방에 화환으로 장식한 여인을 데려다 준다. 그녀는 아직 사랑을 경험하지 못했으며 그녀의 어머니는 십오 년 전부터 그녀의 영혼을 숭고하게 만들려고 갖은 노력을 기울였을 것이다. 남자는 이 아름다운 피조물의 눈길 한번을 얻기 위해서라도 일년 내내 구애를 해야 할지도 모를 일이다. 그러나 신혼의 첫날밤에는 이 보석을 소유하기 위해 남편은 팔을 벌리기만 하면 된다. 어머니는 멀어지고, 신조차 그것을 허락한다. 이렇게 아름다운 꿈을 현실로 이루는 혼례가 아니라면, 누가 매일 밤 그것을 꿈꾸겠는가?

피포는 흑인 하녀에게 이것저것 질문을 하지 않은 것에 대해 후회하지 않았다. 캐물게 되면, 하녀는 자신의 주인이 죽을 죄보다 추악한 성정을 지녔다 할지라도 찬사를 늘어놓을 것이기 때문이다. 그는 도로테아 부인에게서 흘러나왔던 짤막한 이야기만으로도 족했다. 하지만 그 미지의 여인이 갈색 머리인지 금발인지는 알고 싶었다. 아름다운 여인을 상상하기 위해서라면, 머리색에 따라 그 느낌을 상상하는 것보다 더 중요한 것은 없기 때문이다. 피포는 두 가지 색 사이에서 오랫동안 망설였다. 결국 그는 생각을 멈추기 위해 그녀의 머리가 흑갈색일 것이라고 가정했다.

그러나 이제는 그녀의 눈빛이 어떤 색일지 결정할 수가 없었다. 그녀가 갈색의 머리라면 검은 빛깔의 눈, 금발이라면 푸른 빛깔의 눈이 어울렸으리라. 만일 푸른빛이라면, 회색과 초록빛을 동시에 띤 불분명한 푸른 눈이 아니리라. 그것은 정열의 순간에 하늘처럼 해맑은 빛으로 더욱 강렬한 빛을 띠다가 까마귀의 날개처럼 일시에 짙어지는 푸른 눈일 것이라고 상상했다.

매력적인 눈이 그윽한 눈길로 그 앞에 나타나고, 백설처럼 흰 이마와 알프스 산 정상의 햇살 같은 장밋빛 볼이 그 두 눈을 감싸고 있는 것이 보였다. 복숭아보다 더 부드러운 두 볼 사이로 그리스의 에로스적인 흉상조각에서나 느낄 수 있는 오뚝한 코 또한 떠올랐다. 그 아래에는 진주알 같은 두 줄의 치아들 사이로 싱그럽고 관능적인 숨결을 내뿜는 입, 너무 크지도 작지도 않은 진홍빛 입이 다물어져 있을 것이다. 살포시 동그라진 턱, 싱그러우면서도 약간은 도도한 얼굴, 주름 하나 없이 희부연 긴 목, 그리고 우아한 머리가 줄기에 얹힌 한 송이 꽃처럼 부드럽게 흔들리는 것이 보였다. 환상으로 창조된 이런 완벽한 영상에 한 가지 부족한 것이 있다면 바로 현실감이 아니겠는가. 그녀가 곧 도착할 것이라고 피포는 생각했다. 날이 밝으면 그녀는 여기 있을 터인데, 자신의 아스라한 꿈속에서 다가올 연인의 아름다운 모습을 하염없이 그려 나갔다.

항구의 입구를 밤낮으로 지키는 공국의 경비함이 아침 여섯 시를 알리는 대포를 터트렸을 때, 피포는 한층 붉어진 램프 빛과 창문을 여릿여릿 물들이는 새벽빛을 바라보고 있었다. 이윽고 그는 십자형 유리창으로 다가가서 눈을 크게 뜨고 주변을 살펴보았다. 불면의 밤을 보냈으나 피포는 그 어느 때보다 더 자유롭고 더 생기발랄한 기운이 자신의 몸속에 흐르는 것이 느껴졌다. 새벽이 시작되었지만 베네치아는 아직 잠들어 있었다. 이 게으른 욕망의 나라는 그리 일찍 깨어나지 않는다. 이 나라에서는 가게들이 문을 여는 거리에 행인들이 나다니고 마차들이 길 위를 달리기 시작하는 시간이 되더라도 안개는 적막한 석호 위에 노닐다가 침묵의 궁전들을 마치 커튼처럼 덮었다. 바람이 조금씩 잔물결을 일으켰고, 바다의 여왕인 이 도시에 그날의 생필품들을 가져오는 몇 척의 배들이 멀리 퓌진[이탈리아 북부 롬바르디아 주의 한 도시] 쪽에서 나타났다. 아직 깨어나지 않은 도시의 꼭대기, 산 마르코 광장 종탑에 붙어 있는 천사가 어스름한 빛을 받아 그 찬연한 모습을 드러냈다. 태양의 첫 햇살들이 그 금빛 날개 위에서 반짝거렸다.

베네치아의 무수한 성당들이 큰 소리로 아침 삼종기도의 종을 울렸다. 경이롭게도 삼종기도의 종소리를 셀 수 있는 공화국의 비둘기들은 종소리가 끝날 즈음 일제히 에스클라본 선착장을 향해 날아갔다. 그곳에서 사람들이 그 시간에 비둘기들을 위해 뿌려 주는 곡식 낱알들을 먹기 위해서였다. 안개가 조금씩 피어오르는 사이로 아침의 태양이 비쳤다. 몇몇의 어부들이 외투를 털더니 배를 청소하기 시작했다. 그들 중 한 사내가 낭랑한 목소리로 국가를 노래하기 시작했다. 상가건물 안에서 낮은 목소리가 그에게 화답했다. 그리고 좀더 멀리 떨어진 어딘가에서 다른 목소리가 2절 후렴에 합류하였다. 각자 자신의 일을 하는 그들의 노래들은 이내 합창이 되었고, 그 아름다운 아침의 선율은 그날의 광명에게 인사했다.

피포의 집은 에스클라본 선착장에 있었다. 나니 대저택과 멀지 않은 소운하 모퉁이에 있는 집이었다. 그런데 갑자기 어두운 소운하 안쪽에서 곤돌라 한 척이 모습을 드러냈다. 사공은 장막 뒤에서 보이지 않고 뱃노래만 들려오는 그 가녀린 배는 납작한 노로 화살처럼 빠르게 물결을 가르며 미끄러지듯이 앞으로 나갔다. 석호와 운하를 나누는 다리 아래를 지나는 순간 곤돌라는 멈췄다. 귀태가 흐르고 가냘픈 몸매의 한 여인이 곤돌라에서 내려 선착장 쪽으로 향했다. 집에서 내려온 피포가 망설이지 않고 그녀 쪽으로 다가갔다. "당신인가요?" 그는 낮은 목소리로 그녀에게 물었다. 그녀는 대답 대신 그가 내민 손을 잡았다. 그리고 그를 따랐다. 집안의 그 어떤 하인도 아직 일어나지 않았으며, 그들은 한마디 말도 없이 발끝 걸음으로 문지기가 잠들어 있는 안쪽 회랑을 가로질렀다. 젊은이의 방으로 들어오자 부인은 소파에 앉았고 잠시 생각에 잠겨 있는 듯했다. 그녀는 곧 천천히 마스크를 벗었다. 피포는 도로테아 부인이 그를 속이지 않았다는 사실을 알았고, 베네치아에서 가장 아름다운 여인이 진정 자신 앞에 있는 것을 발견하였다. 다름 아닌 도나토 행정장관의 과부이자 두 명문가의 상속녀인 베아트리체 도나토였다.

V

베아트리체가 마스크를 벗으면서 주변에 던진 첫 눈길의 아름다움은 도저히 말로서는 표현이 불가능하다. 십팔 개월 전부터 그녀는 과부였지만 아직 스물네 살이었고, 독자들에게 언뜻 대담하게 보일 수 있는 그녀의 행동은 실상 난생 처음 있는 일이었다. 그때까지 분명 남편만을 사랑했던 여자였기 때문이다. 따라서 이런 행동은 그녀 자신을 아주 많이 혼란스럽게 만들었다. 도중에 포기하지 않기 위해 그녀는 온 힘을 모아야 했으며 마침내 그녀의 눈은 사랑과 더불어 혼란과 용기가 가득했다.

피포는 형언할 수 없는 감동을 느끼며 그녀를 바라보았다. 어떻게 그가 경의와 감탄 없이 이리도 아름다운 한 여인을 앞에서 바라볼 수 있겠는가. 피포는 산책길에서 혹은 사적인 모임에서 베아트리체를 몇 차례 만난 적이 있었다. 그때마다 그는 그녀의 아름다움을 칭송했고 그녀에 대한 찬사를 또한 수백 번도 더 들었다. 그녀는 '10인 위원회'*의 구성원인 피에르 로레단의 딸이

---

* 1310~1797년 사이 존속한 베네치아 공화국의 최고 행정기관. 첩보 업무나 외교, 전쟁 및 기타 베네치아의 중대한 국가사를 비밀리에 신속히 결정해야 할 경우, 원로원이나 국회에 상정하지 않고 독자적 판단에 따라 행동할 권한을 지닌 기관이었다.

었으며 프란체스코 포스카리15세기 초 베네치아의 총독으로서 교황과도 전쟁을 치렀던 전설적 인물의 소송에서 매우 중요한 역할을 맡았던 그 유명한 로레단의 증손녀였다. 그런 가족의 도도함은 베네치아에서 너무나 유명하였고, 사람들은 특히 베아트리체가 조상들의 자긍심을 고스란히 물려받았다고 생각했다. 가족들은 그녀를 일찍이 마르코 도나토 행정장관과 결혼시켰다. 그런데 그의 죽음은 그녀를 어마어마한 재산을 지닌 자유로운 몸으로 만들어 주었다.

공화국의 내로라하는 귀족들이 그녀를 열망하였으나, 그녀는 그들의 온갖 치성 앞에서 거의 경멸과도 같은 무관심으로 응대하였다. 한마디로 그녀의 까칠하고 도도한 성격은 정평이 나 있었다. 그런 이유로 피포는 이래저래 놀라움을 금할 수가 없었다. 그의 미스테리한 쟁취 대상이 감히 상상하기조차 어려운 베아트리체 도나토여서 놀랐고, 신비스럽게도 마치 그녀를 생전 처음 보는 것만 같아서 또 한 번 놀랐다. 가장 평범한 얼굴에도 매력을 발산시키는 에로스 신은 그 순간 초자연적 명작을 더욱 미화시키는 강력한 힘을 발휘했다.

잠시 침묵의 순간들이 흘러갔다. 피포는 부인에게 다가가 그녀의 손을 잡았다. 그리고 그는 자신의 걷잡을 수 없는 기쁨과 행복에 대해서 말했다. 하지만 그녀는 아무 대답도 하지 않았고, 그의 말을 듣는 것 같지도 않았다. 그녀는 미동도 하지 않은 채 자신을 에워싼 모든 것들이 마치 꿈이라는 듯한 표정을 짓고 있었다. 그는 대답도 움직임도 없는 그녀에게 계속해서 말을 건넸다. 그리고 그녀의 허리를 팔로 감싸 안으며 곁에 앉았다.

"당신은 어제 제게 장미의 키스를 보냈지요. 더 아름답고 더 싱그러운 꽃에게 제가 받은 것을 되갚게 해주세요."

말을 마친 그는 그녀의 입술에 자신의 입술을 포갰다. 그녀는 그를 막으려 하는 시늉은 하지 않았으나, 먼 곳을 배회하던 그녀의 눈길이 돌연 피포에게 고정되었다. 이윽고 그녀는 그를 부드럽게 밀치면서 머리를 천천히 가로저었다. 그 모습에는 우아한 슬픔이 어려 있었다.

"당신은 저를 사랑하지 않을 것입니다. 다만 남자의 일시적인 열망일 수는 있겠지요. 그런데 저는 당신을 사랑하고 당신 앞에 먼저 무릎을 꿇고 싶습니다."

그러고 나서 그녀는 정말 몸을 숙였다. 피포는 황급히 그녀에게 일어나라고 간청하며 그녀를 붙잡았다. 하지만 그녀는 그의 팔을 미끄러지듯이 벗어나 마루 위에 무릎을 꿇었다.

한 여인이 그런 겸손한 자세를 취하는 것을 보는 일은 매우 이례적인 것일 뿐만 아니라 마냥 유쾌한 일도 아니다. 그러한 사랑의 표시는 차라리 남자의 방식이라고 할 수 있겠다. 간단한 일로 볼 수 없는 그것은 재판관에게 죄인의 죄를 용서하도록 만드는 애달픈 행동과도 같았다. 피포는 점점 더 커지는 놀라움과 함께 자신에게 생겨난 이 감탄스런 장면을 바라보았다. 피포가 베아트리체를 알아보며 경외감에 사로잡혔었다면, 지금 그의 발 아래 있는 그녀를 바라보는 그의 심정은 어땠을까? 도나토의 과부, 로레단 가의 딸이 무릎을 꿇고 있는 것이었다. 은빛 꽃들이 수 놓인 그녀의 벨벳 드레스가 바닥을 덮고 있었다. 베일 사이로 풀어진 그녀의 머리카락이 바닥에 흘러내렸다. 이 아름다운 정경의 중심에 그녀의 하얀 어깨와 가지런히 모은 두 손이 드러났다. 촉촉한 두 눈은 피포를 올려다보고 있었다. 가슴속 저 깊은 곳까지 감격한 그는 몇 발자국 뒤로 물러났다. 그리고 자부심에 취했다. 그는 고결한 품성을 지닌 사람은 아니었지만, 베아트리체가 벗어 던진 귀족의 자긍심이 마치 벼락처럼 젊은이의 영혼을 스쳐갔다.

그러나 그 벼락은 아주 잠시 머물렀을 뿐, 재빨리 사라져 버렸다. 그러한 광경은 허영의 몸짓 이상의 것을 낳게 했다. 우리가 어느 맑은 샘에 몸을 기울이면 그곳에 바로 우리의 영상이 그려진다. 그리고 우리가 그리로 다가가면 물속으로부터도 우리 자신 앞으로 다가오는 다른 형제가 생겨난다. 그렇게 인간의 영혼 속에서 사랑은 사랑을 부른다. 단 한 번의 시선으로부터 사랑은 피어오를 수가 있는 것이다. 피포도 무릎을 꿇었다. 서로에게 몸을 숙인 그들은 그렇게 둘이서, 첫 입맞춤을 나누며, 얼마간 머물러 있었다.

베아트리체가 로레단 가문의 딸이라면 모친인 비앙카 콘타리니의 따뜻한 성정 또한 물려받았을 것이다. 베네치아의 가장 아름다운 여인들 중 한 사람이기도 했던 모친의 선량함은 비할 데가 없을 정도였다. 언제나 평화와 행복을 추구했고 전시戰時에는 조국을 사랑한 비앙카는 그 상냥함과 젊음으로 딸들의 어머니라기보다는 차라리 큰언니와도 같았다. 요절한 그녀는 영원히 아름다운 여인으로 각인되어 있었다.

어머니를 통해 베아트리체는 예술을 알고 애호하는 법을 배웠는데 특히 그림이 그러하였다. 젊은 과부가 미술에 조예가 깊어진 데는 또 다른 이유도 있었다. 로마와 피렌체에 산 덕분에 접한 미켈란젤로의 명작들은 그녀의 열정을 배가시켰던 것이다. 아드리아 해의 딸이었던 그녀는 또한 로마인이 선호하는 라파엘로 대신 티치아노를 선호하였다. 주변 사람들이 궁의 음모나 공화국의 정치로 시간을 보내는 동안 그녀는 새로운 그림들을 찾고 늙은 베첼리오의 죽음 이후 자신이 선호하는 예술이 과연 어떤 평가를 받을지에만 몰두했다. 그러다 그녀는 티치아넬로가 유일하게 그렸을, 이 이야기의 서두에서 말했던, 화재로 소실된 그림을 돌핀 저택에서 보게 되었다. 그 그림을 사랑하게 된 그녀는 도로테아 부인 집에서 우연히도 피포를 만나게 되면서 그를 향한 저항할 수 없는 사랑에 빠져들었다.

율리우스 2세와 레옹 10세 때의 미술은 오늘날처럼 하나의 직업으로서 취급되지 않았다. 그것은 예술가들에게는 하나의 종교, 귀족들에게는 양식 있는 취미, 이탈리아에게는 영광, 여인들에게는 정열로 간주되었다. 교황이 바티칸을 떠나 미켈란젤로를 방문할 때 베네치아 어느 귀족의 딸은 주저 없이 티치아넬로를 사랑하게 되었던 것이다.

베아트리체는 자신의 열정을 더 고양시킬 한 가지 계획을 품고 있었다. 그녀는 피포를 연인 그 이상의 존재, 즉 위대한 화가로 만들어 주고 싶었다. 진작부터 피포의 난잡한 삶을 알고 있었던 그녀는 우선 그를 그런 삶으로부터 끄집어낼 결심을 했다. 그의 방탕에도 불구하고 예술에 대한 신성한 불꽃은 그의 내부에서 사그라지지 않은 채 다만 재에 뒤덮여 있다고 그녀는 생각했다. 그리고 사랑이 그 신성한 불꽃을 되살려 주기를 바랐다. 그녀는 이런 생각을 가슴속에 보듬은 채 피포와 이따금씩 마주쳤고, 선착장을 지날 때는 그의 집 창문을 바라보며 일 년 내내 애를 태웠다. 그러던 어느 날 수를 놓은 주머니를 그에게 선물하자는 유혹에 지고 말았다. 그녀는 그 이상은 가지 않겠다고 스스로에게 다짐했으나 도로테아 부인이 그녀에게 피포가 지은 헌시獻詩를 보여 주었을 때 환희에 찬 눈물을 쏟고 말았다. 꿈을 이루려는 일이 그녀에게 어떤 위험을 초래할지 모르지는 않았으나, 그녀는 집을 나서며 이렇게 혼잣말을 했다. "신은 여자가 원하는 것을 원한다"라고.

이런 생각에 힘을 얻은 그녀는 솔직함과 사랑으로 인해 두려운 감정이 어느덧 사라지는 것을 느꼈다. 그녀는 피포 앞에 무릎을 꿇은 채 간절한 사랑의 기도를 했다. 그러나 초조한 사랑의 신은 자존심 말고도 요구하는 게 더 있었다. 그녀는 마치 그의 조강지처라도 되는 듯 티치아넬로와의 사랑을 주저하지 않았다. 베일을 벗어 방에 있던 비너스 동상 위에 올려두고, 대리석 여신처럼 아름답고 창백한 그녀는 운명에 몸을 맡겼다.

베아트리체는 예정대로 피포의 집에서 한나절을 보냈다. 해질 무렵, 곤돌라가 도착했고, 그녀는 들어왔을 때처럼 비밀리에 집을 나섰다. 문지기 외에 다른 하인들은 구실을 대서 집 안에 남아 있지 않았다. 주인의 생활방식에 익숙한 문지기는 피포와 함께 가면을 쓴 어떤 여인이 회랑을 가로지르는 것을 보고도 그리 놀라지 않았다. 하지만 문 옆에서 부인이 가면을 들어 올리고 피포와 작별의 키스를 나누는 것을 보자, 그의 귀가 불시에 쫑긋해졌다.

"제가 당신 눈에 띄었던 적이 없었나요?" 베아트리체가 명랑하게 물었다. "있었죠. 하지만 이렇게 가까이서 당신을 볼 수는 없었지요. 진정 아름다운 당신……."

"당신도 마찬가지예요. 빛과 같이 찬란한걸요. 제가 믿었던 것보다도 수천 배는 더 그래요. 저를 사랑해 주시겠지요?"

"네, 아주 오랫동안."

"영원히 저는……."

그들은 그 말을 나누곤 헤어졌다. 피포는 눈으로 베아트리체 도나토를 실어간 곤돌라를 쫓으며 문 앞에 남아 있었다.

VI

보름이 흘렀고 베아트리체는 그녀가 품은 계획에 대해 아직 말하지 않았다. 실은 그녀 자신도 그것을 조금 잊고 있었다. 사랑의 관계를 잇는 첫 나날들은 신세계를 발견한 스페인인들의 항로 이탈과도 같다. 배에 오르면서 그들은 정부의 확고한 지침들을 따라 지도를 만들고 아메리카를 문명화시키겠다고 언약한다. 하지만 그곳에 도착하면서 미지의 하늘, 원시림, 금광이나 은광들은 그러한 언약들을 잊어버리게 한다. 새로운 것을 쫓느라 그들은 자신들의 맹세뿐 아니라 유럽을 잊고 만다. 어쨌든지 그들에게 중요한 것은 보물을 발견하는 일이 일어난다는 사실이다. 때로 연인들이 그러하다.

그리고 또 다른 동기가 베아트리체의 잊음에 대한 변명이 되었다. 그 2주일간 피포는 카드를 하지 않았고 단 한 번도 오르시니 공작부인의 집에 들리지 않았다. 우리가 어떻게 판단을 할 수는 없는 바이나, 베아트리체는 이를 바로 그의 현명함이 시작된 것으로 간주했다. 피포는 하루의 반을 연인 곁에서 보냈고, 나머지 반은 리도의 카바레에서 사모스 포도주를 마시거나 바다를 바라보며 소일했다. 그의 친구들은 그를 더 이상 보지 못했다.

그는 자신의 모든 옛 일상들과 단절했고, 시간이 하릴없이 흘러가는 것도 개의치 않았다. 요컨대 아름다운 여인의 첫 키스 후에 남는, 요컨대 모든 것들의 완전한 망각 상태에 빠져 있었다. 그리고 이런 경우, 그 사내가 현명하다거나 혹은 미쳤다고 감히 판정할 수 있을까?

이러한 것들을 한마디로 간추리자면, 피포와 베아트리체는 서로를 위해 만들어졌다고 말할 수 있겠다. 그들은 첫날부터 이를 서로 느꼈지만, 각자에게 그러한 운명적 필연성을 설득시키는 시간이 아직 필요했다. 하지만 그 시간은 한 달이 채 걸리지 않았다. 한 달이 지나는 동안 사랑, 수상水上 음악, 그리고 도시 밖에서의 산책 같은 일들이 있었다. 여기서 그러한 일들에 대한 구구한 묘사들은 늘어놓지 않겠다. 때때로 귀부인들은 규방에서의 저녁식사보다 도시 밖의 어느 주막에서 맛보는 비밀스럽고 즐거운 시간을 더 좋아하였다. 베아트리체가 그러했는데, 그녀는 총독 관저에서의 저녁식사보다 운하 옆의 퀸타발레 거리의 궁륭 아래서 피포와 마주하고 먹는 신선한 생선 요리를 즐겼다. 식사를 마치면 곤돌라를 타고 아르메니아 섬 주변을 맴돌았다. 도시와 리도 섬 사이, 하늘과 바다 사이, 달 밝은 밤이면 베네치아식 사랑을 나누러 가라고 독자에게 권하고 싶은 장소이다.

한 달이 지난 어느 날 비밀리에 피포의 집에 들른 베아트리체는 평소보다 그의 모습이 한층 더 활기찬 것을 발견했다. 그녀가 집으로 들어왔을 때, 그는 막 점심식사를 마치고 노래를 하면서 집 안을 걸어다니고 있었다. 태양은 그의 방을 비추었고 탁자 위에는 제키노 금화들이 은대접에 가득 쌓인 채 빛나고 있었다. 전날 그는 도박을 하여 베스파시아노 경에게서 1,500피아스트라를 땄던 것이다. 그 돈으로 그는 중국산 부채 하나, 향기 나는 장갑, 그리고 놀라운 솜씨로 제작된 베네치아산 금목걸이를 샀다. 그는 자개가 상감된 삼목나무 상자에 그 모든 것을 넣어서 베아트리체에게 선물했다.

그녀는 기쁜 마음으로 선물을 열어 보았으나 도박에서 딴 돈으로 구입한 선물임을 알게 되자 받으려 하지 않았다. 그녀는 피포의 기쁨을 함께하는 대신 상념에 젖었다. 피포가 다시 예전의 쾌락으로 되돌아갔기 때문에, 그녀는 그가 벌써 자신을 덜 사랑하게 되었다고 생각했을지도 모르겠다. 아무튼지 그가 다시금 빠져들 무질서한 생활을 청산케 하고 자신의 계획 또한 그에게 말해야 할 순간이 왔다고 그녀는 생각했다.

쉬운 계획이 아니었다. 그녀는 이미 한 달 전부터 피포의 성정을 감지할 수 있었다. 그는 생의 일상적인 것들에 관련해서는 너무나도 무심한 채 오직 안일함만을 추구했다. 그런데 그 무심함 때문에 중요한 일들을 결정해야 할 때도 그를 설득하는 것은 쉽지 않았다. 사람들이 그에게 어떤 힘을 행사하려 하면 싸우거나 논쟁하는 대신 그는 그들이 무엇을 하거나 말거나 자기 멋대로 행동했기 때문이다. 따라서 베아트리체는 조심스러운 방식으로 그에게 자신의 초상을 그려 줄 생각이 있는지 물었다.

그는 망설이지 않고 그 부탁을 받아들였다. 그 다음 날 그는 화포畵布를 사고 아버지의 것이던 멋지게 조각된 참나무 받침대를 방으로 가져오게 했다. 베아트리체는 아침이 되자마자 우아한 갈색 드레스를 걸치고 피포의 집에 당도했다. 그리고 피포가 그림을 그릴 준비가 되자 그녀는 자신의 드레스를 벗었다. 그녀는 파리스 보르도네16세기 초 이탈리아의 화가가 「왕관을 쓴 비너스」에서 여신에게 입혔던 것과 같은 옷차림으로 화폭 앞에 서 있었다. 이마에서부터 땋아 올린 그녀의 머리카락은 진주알들이 알알이 꽂힌 채 길게 출렁이며 팔과 어깨로 흘러내렸다. 황금 고리로 가슴 한가운데에 고정된 진주목걸이는 살포시 드러난 젖가슴의 완벽한 선을 따라 허리까지 내려왔다. 루비 버클이 청색과 적색이 뒤섞인 그녀의 호박단 치마를 무릎 위로 올리고 있어 대리석같이 매끈한 두 다리가 드러났다. 거기에다 값진 팔찌와 금장식으로 테두리를 한 진홍빛 벨벳 슬리퍼까지 곁들여졌다.

보르도네의 비너스는 다름 아닌, 우리가 알듯, 베네치아 어느 부인의 초상이다. 그리고 티치아노의 제자인 그 화가는 이탈리아에서 대단한 명성을 떨쳤다. 그림의 모델을 알고 있던 베아트리체는 그녀가 그림보다 더 아름답다는 것을 잘 알고 있었다. 그녀는 피포의 경쟁심을 자극하면서 그가 보르도네의 명성을 충분히 뛰어넘을 수 있다는 것을 일깨우고자 했다. "오, 이럴 수가! 「왕관을 쓴 비너스」는 여신으로 변장한 병기고의 하녀일 뿐이지만, 여기 진정 에로스의 어머니, 전쟁의 신 아레스의 연인아프로디테이 바로 있도다!" 젊은이는 그녀를 살펴보며 이렇게 경탄했다.

독자는 그렇게 아름다운 모델을 바라보며 그가 취한 첫번째 행동이 그림 그리기가 아니었음을 쉽게 상상할 수 있을 것이다. 베아트리체는 그 순간 피포를 일신시키기 위한 자신의 계획을 성공시키기 위해 너무 지나치게 꾸민 것은 아닌지, 나쁜 방법을 택한 것은 아닌지 걱정이 들었다. 이윽고 작업이 시작되었지만 밑그림을 그려 나가는 피포의 손은 화폭 위에서 능숙하게 움직이지 않았다. 피포가 실수로 바닥에 붓을 떨어뜨리자, 베아트리체가 그것을 주워 연인에게 돌려주며 말했다. "당신 아버지의 붓 또한 어느 날 이렇게 손에서 떨어졌죠. 카를 5세는 그것을 주워 그에게 돌려주었어요. 제가 황녀는 아니지만 카이저처럼 하려 합니다."

피포는 언제나 아버지에 대한 한없는 사랑과 경탄을 느끼고 있었고 아버지에 대해서 이야기를 할 때 또한 경외심을 가지고 있었기에, 그 추억은 그에게 깊은 감명을 주었다. 그는 자리에서 일어나 옷장 문을 열었다. "당신이 말하시는 붓이 여기 있습니다. 저의 망부亡父는 이 세상 절반의 주인으로부터 이것을 돌려받아

마치 성물처럼 보관하셨지요." 그는 베아트리체에게 붓을 보여 주며 말했다.

"그때에 당신이 있었나요? 제게 그 얘기를 해줄 수 있어요?" 베아트리체가 물었다.

"저는 아직 어렸지만 기억하고 있습니다. 볼로냐에서 교황과 황제의 회담이 있었어요. 피렌체의 공작령에 대한 것이었는데, 이탈리아의 운명과 직결된 것이었죠. 사람들은 바오로 3세와 카를 5세가 테라스에서 함께 이야기를 나누는 것을 보았고 그들의 회담이 진행되는 동안 도시 전체가 조용했습니다. 한 시간이 지나자 회담이 끝났어요. 죽은 듯이 조용하던 사람들로부터 요란한 말소리가 터져 나왔습니다. 사람들은 도대체 어떤 결정이 이루어졌는지 몰랐기에 그것을 알려고 난리였습니다만 모든 일은 극비리에 진행되었습니다. 호기심과 공포심에 찬 주민들은 두 궁의 장교들이 거리를 지나가는 모습을 지켜보면서 이탈리아의 해체와 새로운 공국에 대해서 두서없이 떠들어 댔지요. 손에 뾰족한 미늘창을 든 병사들이 문을 열고 궁전의 벽에 정렬할 무렵, 아버지는 커다란 그림 작업에 열중하시느라 그림 그릴 때 쓰는 사다리 위에 계셨습니다. 그때 하인 하나가 방으로 들어오면서 큰 소리로 외쳤습니다. '카를 황제께서!' 잠시 뒤 몸통에 심을 넣어 상체를 한껏 부풀린 푸르푸앵을 입은 꼿꼿한 모습으로 붉은 턱수염에 미소를 띤 황제가 나타났어요. 그런 뜻밖의 방문에 황망해진 아버지께서는 할 수 있는 한 재빨리 사다리에서 내려왔습니다. 하지만 연로하신 탓에 사다리를 붙잡다가 그만 붓을 떨어트렸습니다. 모든 사람들이 부동자세였습니다. 황제라는 존재가 모두를 꽁꽁 얼어붙게 했던 것이죠. 아버지는 굼뜬 자신의 실수에 어찌할 줄 몰라 당황스럽기도 하고 또 다른 실수라도 할까 봐 전전긍긍하셨답니다. 그런데 카를 5세가 몇 발자국 앞으로 나와 천천히 몸을 구부려서 붓을 주웠습니다. '티치아노, 그대라면 진정 카이저가 모실 자격이 있는 화가이지'라고 분명하고 준엄한 목소리로 말했습니다. 그리고 진정 비교할 수 없는 위엄을 보이며 카를 황제는 바닥에 무릎을 꿇고 있던 저의 아버지에게 붓을 돌려주었습니다."

피포가 감동하지 않을 수 없는 이야기를 마치자, 베아트리체는 얼마간 침묵을 지켰다. 그녀가 고개를 숙인 채 깊은 상념에 빠져든 것처럼 보였기에 피포는 무슨 생각을 하느냐고 물었다.

"네, 조금 생각을 하고 있었어요. 카를 5세는 이제 세상을 떠났고 그의 아들이 스페인의 왕이죠. 아버지의 칼을 드는 대신 펠리페 2세가 그것을 장롱에서 녹슬게 둔다면 사람들은 뭐라고 할까요?"

피포는 미소 지었고 베아트리체가 품고 있는 생각의 요지를 어느 정도 짐작할 수 있었다. 하지만 그녀가 진정 무슨 말을 하고픈지 다시 물었다.

"제가 말하고픈 것은 당신도 왕의 상속자라는 것입니다. 보르도네, 모르테, 로마니노는 훌륭한 화가들입니다. 티토레도와 지오르지온은 예술가들이지요. 그러나 티치아노는 왕이었어요. 그리고 지금은 그의 왕홀王笏을 누가 지니고 있지요?"

"제 형님 오라조가 살아 있었다면 위대한 화가가 되었을 것입니다." 피포는 답했다.

"물론입니다. 그리고 티치아노의 아들들에 대해 사람들은 이렇게 말할 것입니다. '한 명은 살았으면 위대해졌을 것이고 다른 한 명은 자신이 원했으면 그리 되었을 것이다'라고 말입니다." 베아트리체가 응수하였다.

"그렇게 믿으세요? 자! 사람들은 그러니 이렇게 덧붙일 것입니다. '그런데 그는 베아트리체 도나토와 곤돌라 타고 가는 것을 더 좋아했다네'라고요." 피포는 웃으며 말했다.

기대했던 것과는 다른 대답이었기에, 베아트리체는 조금 당황했다. 그러나 용기를 잃지 않고 더 심각한 음조로 말했다.

"들어 보세요, 비웃지 말아요. 모두들 당신이 그린 단 한 점의 그림에 경탄했지요. 그것이 사라져 버린 것을 유감스럽게 생각하지 않는 사람은 아무도 없을 겁니다. 그런데 지금 당신의 삶은 돌핀 저택의 화재보다 더 절박합니다. 당신의 삶이 당신을 소실시키고 있으니까요. 당신은 즐기려고만 하고 다른 사람들에게는 방황이고 수치인 것을 헤아리지 못하고 있습니다. 부자 상인의 아들은 주사위 놀이를 할 수 있습니다만 티치아넬로는 아닙니다. 우리의 늙은 화가들에게 부족한 젊음을 당신이 가지고 있다 한들, 그들만큼 예술적 조예가 깊다 한들 무슨 소용이 있습니까? 성공하기 위해 노력하기만 하면 되는데 당신은 그러지를 않지요. 당신 친구들은 당신을 속이고만 있으니 당신이 아버님의 기억을 모욕하고 있다고 말씀드려야 할 의무가 제게 있습니다. 제가 아니면 누가 당신께 그것을 말씀드릴까요? 당신이 부자인 동안은 당신이 몰락하는 것을 도울 사람들은 얼마든지 찾을 수 있겠지요. 당신이 멋있을 때 여인들은 당신을 사랑해 줄 테구요. 하지만 아직 젊음이 다하지 않았을 때 진실을 말하지 않는다면 어떻게 되겠습니까?

저는 당신의 정부情夫입니다. 그러나 주인님, 저는 당신의 정인情人으로도 있고 싶습니다. 당신이 가난하게 태어났다면 신은 더 기뻐했을 것입니다! 저를 사랑하신다면, 일을 하셔야 합니다. 도시에서 떨어진 마을에 제가 외딴 작은 집 한 채를 물색해 놓았어요. 단층짜리 집이죠. 당신이 원하시면 우리의 취향에 맞는 가구들을 들이고 열쇠 두 개를 만들어요. 하나는 당신 것이고 다른 하나는 제가 지닐 것입니다. 거기서 우리는 아무도 두려워하지 않을 것이고, 자유로울 것입니다. 그곳으로 당신의 이젤을 가져오세요. 하루에 두 시간씩만이라도 일하겠다고 약속하신다면, 매일 당신을 만나러 가겠습니다. 그럴 인내심을 가질 수 있으신지요? 당신이 받아들이신다면 지금부터 일 년 후에 당신은 아마도 저를 더 이상 사랑하지 않겠지만 일하는 습관을 들이실 테고 이탈리아에는 또 하나의 위대한 이름이 새겨질 것입니다. 당신이 거절하신다 해도 제가 당신을 사랑하는 일을 멈출 수는 없겠지만, 그것은 당신이 저를 더 이상 사랑하지 않노라고 말씀하시는 것이겠지요."

그 말을 하는 동안 베아트리체는 떨고 있었다. 그녀는 연인의 자존심을 손상시키는 것이 아닌지 두려웠지만 기탄없이 자신의 생각을 표현해야 한다는 의무감을 느꼈다. 이러한 두려움과 연인의 마음에 들려는 욕구는 그녀의 눈을 빛나게 하였다. 그녀는 더 이상 비너스와 닮지 않았으나 마치 요정과도 같았다. 피포는 그 자리에서 답을 하지는 않았다.

그는 그런 그녀가 너무 아름답게 여겨져서 잠시 그녀를 근심하게 두었다. 사실 그는 그녀의 훈계보다 그것을 말하는 목소리에 실린 억양에 빠져 있었다. 가슴속으로 파고드는 그 목소리가 그를 매료시켰던 것이다. 베아트리체는 베네치아의 달콤함과 더불어 가장 순정한 마음속에 자신의 영혼까지 모두 실어 말을 하였던 것이다. 아름다운 입술에서 생생한 아리에타가 흘러나올 때, 가사에 귀 기울이지 않는 이유가 있는 것이다. 가사들을 무시하고 마냥 음악에 마음이 이끌리도록 내버려 두는 일이 더 고혹적일 수가 있기 때문이다. 피포의 상태가 거의 그런 경우였다. 그에게 요구하는 것이 무엇인지 오랫동안 생각할 겨를도 없이 베아트리체에게 다가가서 이마에 입술을 맞추며 말했다.

"당신이 원하는 것이 무엇이든지…… 당신은 천사처럼 아름답습니다."

그날부터 피포는 규칙적으로 그림을 그리기로 마음먹었다. 베아트리체는 서약을 원했다. 그녀는 작은 책상을 당겨 사랑과 자긍심으로 가득한 몇 줄을 써 내려갔다.

"아세요? 우리 로레단 가의 사람들은 셈에 충실해요. 일 년간 하루에 두 시간의 일을 내게 빚진 것으로 적겠어요. 서명하시고 제게 정확한 값을 치르세요. 당신이 저를 사랑한다는 사실을 제가 알기 위해서죠."

피포는 기꺼이 서명을 했다. "그런데 제가 당신의 모습을 그리는 것부터 시작하는 것은 잘 알고 계시겠죠." 피포가 말했다.

이번엔 베아트리체가 그에게 입을 맞추며 귓가에 속삭였다. "저 또한 당신의 모습을 그려 보렵니다. 생동감 넘치는 당신과 꼭 닮은 멋진 모습을 말이지요."

VII

피포와 베아트리체의 사랑은 우선 대지에서 솟구치는 샘물과 비교할 수 있겠다. 이제 그 샘물은 조금씩 대지로 스며들어 모래 바닥 속으로 흐르는 작은 여울과 같았다. 피포가 귀족이었다면, 분명 베아트리체와 결혼했을 것이다. 그들은 서로를 잘 알아 갈수록 더욱 사랑하게 되었기 때문이다. 비록 베첼리오 집안이 프리울 주의 카도레 지역에서는 괜찮은 축에 낀다지만, 그러한 결합은 있을 수 없었다. 베아트리체의 인척들이 들고 일어날 것이 뻔할 뿐 아니라 베네치아의 모든 귀족들까지 분노할 것이기 때문이었다. 사랑의 공모를 기꺼이 이해하고 귀족 부인이 어느 화가의 연인이 되는 것을 묵인하는 사람들조차 그녀가 정식으로 결혼을 하려 한다면, 그 여인을 결코 용서치 않을 것이다. 당시의 이러한 편견은 오늘날 우리의 편견보다 더 유효했던 듯싶다.

작은 집에 가구들이 들어왔고, 피포는 매일 그곳에 가겠다는 약속을 지켰다. 하지만 그가 마침내 일을 본격적으로 시작했다고 말을 할 수는 없는 노릇이었다. 왜냐하면 그는 그녀가 믿을 수 있을 만큼 적당히 그림을 그리는 시늉만 했기 때문이었다. 베아트리체는 언제나 작은 집에 먼저 도착했고, 약속했던 것보다 더 모든 것을 잘 지켜 나갔다. 밑그림은 완성되었다. 그는 그렇게 화대 앞에 있었지만 작업은 한없이 늘어졌다. 그는 그들의 사랑에 힘을 불어넣기 위해서 혹은 자신의 게으름을 사과하기 위해서 그 앞에 증인처럼 서 있는 듯했다.

그리고 베아트리체는 아침이면 언제나 흑인 하녀를 통해 꽃다발을 보내왔다. 그가 일찍 일어나는 습관을 들이도록 하기 위해서였다. "화가는 새벽에 일어나야 합니다. 햇빛이 화가의 삶이고 예술의 진정한 요소입니다. 그것 없이 화가는 아무것도 할 수 없지요!" 하고 그녀는 말하곤 했다.

피포에게 그러한 충고는 옳은 것처럼 보였지만 실행으로 옮긴다는 것은 어려운 일이었다. 흑인 하녀가 가져온 꽃다발을 침대 옆 탁자에 놓아 둔 설탕물 잔에 꽂아 버리고 다시 잠들곤 하였기 때문이었다. 피포가 작은 집에 가기 위해 오르시니 공작부인 집의 창문 밑을 지날 때면 주머니 속에서 돈들이 마치 자기들을 알아봐 달라고 요동치는 것처럼 느껴졌다. 어느 날 그는 길에서 무슨 일로 그를 통 볼 수 없는지 궁금해하는 베스파시아노 경을 만났다.

"이제 더 이상 주사위나 카드놀음을 하지 않기로 약속하였습니다만, 당신이 여기 계시니 동전을 던져 우리가 지니고 있는 푼돈을 걸어 보아도 괜찮을 듯싶군요."

늙은 공증인이지만 가히 노름의 화신이라 말하지 않을 수 없는 베스파시아노 경이 그런 제안을 거절할 리 없었다. 그는 공중으로 1피아스트라를 던졌으나 판돈인 제키노 금화 삼십 닢을 그 자리에서 잃어버리곤 풀이 죽었다. '이 순간 도박을 하지 못하는 것이 유감스럽군! 베아트리체의 주머니는 내게 행운을 계속 가져다줄 것이고 1주일 만에라도 이태 전부터 잃었던 것을 다 딸 수 있을 것이 확실한데 말이야.' 피포는 생각했다.

하지만 그는 기꺼이 그의 여주인에게 복종했다. 그의 작은 작업실은 조용하면서도 살가움이 넘쳤다. 그는 마치 자신이 기억하고 있던 신세계에 와 있는 것 같았다. 화폭과 화대가 어린 시절을 상기시켰기 때문이었다. 옛날에 우리에게 친근했던 것들은 쉽사리 다시 친근해지고, 추억을 동반한 그 친근함은 정확한 이유를 알 수 없이 소중해진다. 어느 화창한 아침, 피포가 자신의 팔레트에 화려한 색감의 물감들을 짜 놓고 있었다. 자신의 손 아래 가지런히 섞일 준비가 된 색들을 바라보자 마치 유년의 그 옛날처럼 뒤에서 아버지의 통명스러운 고함소리가 들리는 듯했다. "자, 게으름뱅이야, 무슨 꿈을 꾸니? 꾸물거릴 시간이 있는 게냐!" 그는 뒤를 돌아보았으나 티치아노의 엄격한 모습 대신 진주로 장식한 이마와 백옥 같은 가슴과 팔이 돋보이는 베아트리체가 거기에 있었다. 그리고 자신 앞에서 모델이 될 준비를 하고 있는 그녀가 미소 지었다. "주인님, 원하시는 때엔 언제라도."

그녀는 피포가 관심이 있든 없든 예술적 조언자 역할을 게을리하지 않았다. 이탈리아의 미술 유파들과 베네치아의 대가들이 만들어 간 영광스런 토대에 대해서 이야기했고 예술이 어떤 위대함으로 고무되었으며 어떻게 쇠락했는지에 대해서도 이야기했다. 그녀의 관점은 매우 시사적이었는데, 당시의 베네치아는 피렌체가 도맡고 있었던 예술적 역할을 대신하고 있었기 때문이었다. 피렌체는 영광뿐 아니라 그 영광을 숭배하던 기억조차 잃어 가고 있었다.

미켈란젤로와 티치아노는 둘 다 거의 한 세기 가까이 살았다. 그들은 자신들의 조국에 예술을 꽃피우게 한 뒤에도 인간의 능력이 허락하는 한 오랫동안 무질서와 싸워 나갔다. 그러나 나이든 이 두 기둥은 결국 무너지고 말았다. 사람들은 모호한 혁신자들을 칭송하면서 이제 막 사라진 대가들을 망각했다. 이탈리아의 북부 도시들인 브레시아와 크레모나에서 새롭게 생겨난 유파들은 자신들이 옛것보다 우월하다고 선포하였다. 베네치아에서도 티치아노가 가르친 어느 제자의 아들이 피포에게 주어진 애칭을 도용하여 자신을 티치아넬로라고 스스로 명명했을 뿐만 아니라 품격 없는 최악의 작품들로 대주교의 성당을 채웠다.

피포는 조국의 수치 같은 것에는 별반 관심이 없었지만 그러한 추문들에는 분노할 수밖에 없었다. 사람들이 볼품없는 그림들을 그 앞에서 버젓이 팔고 있을 때나 성당에 있는 부친의 명화들 사이에서 조악한 그림 한 점을 발견했을 때 피포는 비망록 위에 적힌 사생아의 이름을 보면서 어느 귀족이 느꼈을 불쾌함보다 더한 것을 경험했다. 베아트리체는 그러한 피포의 불쾌함을 이해하였는데, 대부분의 여인들은 데릴라적인 본능을 조금씩은 지니고 있는지라 삼손의 머리카락에 대한 비밀을 시기적절하게 간파할 수 있는 것이다. 그래서 대가의 이름들에 경의를 표하는 베아트리체는 때때로 시답잖은 화가에 대한 칭송을 했다. 스스로 모순적인 말을 하는 것이 쉽지 않았지만, 아주 능숙하게 그러한 가짜 칭송들을 정말인 것처럼 연기를 하기도 했다. 그녀는 그러한 식으로 피포의 무기력한 상태를 건드렸고 그때마다 경이로운 생동감으로 그가 작업에 임한다는 사실을 간파했던 것이다. 그렇게 작업을 하는 동안에는 피포는 대가의 대담함과 영감을 선사하는 인내심을 동시에 갖추고 있었다. 그러나 그의 경박한 성정이 얼마 가지 않아 그를 점령하게 되면 망설이지 않고 붓을 내던졌다. "키프로스 포도주나 한 잔 마시러 갑시다. 그리고 더 이상 이 광대놀음은 집어 치웁시다." 그는 그렇게 말했다.

이처럼 불안정한 영혼은 베아트리체가 아닌 다른 여인이었다면 절망시켰을 것이다. 우리는 역사 속에서 가장 끈질긴 증오에 대한 이야기들을 어렵지 않게 찾을 수 있듯이, 사랑이 또한 그런 증오조차 넘어서는 인내심을 부여할 수 있다는 사실에 놀라지 않을지어다. 베아트리체는 습관이 무섭다는 사실을 뼈저리게 확신하고 있었다. 어디에서 그런 확신이 왔느냐 하면, 갑부이지만 건강이 좋지 못했던 그녀의 아버지가 늙어서까지 자신의 엄청난 재산에 제키노 금화 몇 닢을 더하기 위해 피곤에 절은 몸으로 무미건조한 계산에 계속 몰두하는 것을 보았기 때문이었다. 그녀가 아버지에게 건강을 챙기시라고 간청할 때마다 그는 항상 같은 대답을 했다. "이것은 어린 시절부터 내게 밴 습관이다. 살아 있는 한, 가지고 갈 습관이다." 이러한 아버지와 함께했던 베아트리체는 피포가 규칙적인 일에는 관심이 없을 것이라고 속단하고 싶지 않았다. 그녀는 영광을 향한 추구가 금전적 탐욕보다 강할 뿐만 아니라 또한 귀한 갈망일 것이라고 혼자 되뇌였다.

그녀의 생각이 틀리지는 않았지만 피포에게 좋은 습관을 길러 주기 위해서는 한 가지 어려움이 따랐다. 우선 그에게 밴 나쁜 습관을 없애야만 했던 것이다. 그런데 쉽게 뽑히는 유해한 잡초들도 있겠으나 도박은 그런 경우가 아니었다. 아마도 도박은 사랑에 맞설 수 있을 유일한 정열일 것이다. 한 여인의 의지에 야심가, 방탕아, 신자信者들이 지고 마는 경우들은 쉽게 볼 수 있을 것이나 도박에 손댄 자는 확연히 다르다. 돈으로 바뀐 금속이 거의 모든 쾌락들을 대변하는 것처럼, 도박은 거의 모든 감정들을 요약하고 있다. 카드를 돌리고 주사위를 던지는 매 순간마다 얼마간의 금화나 은화들을 잃거나 따게 되고 그것들은 언제나 알 수 없는 쾌락으로 우리들을 유혹한다. 도박에서 이긴 자는 점

점 더 욕망이 자라나면서 전적으로 그것에 빠져들게 된다. 그리고 분명 도박에서 이길 것이라는 확신을 가지고 또 다시 판을 벌이는 것이다. 엄청난 액수를 만진 뒤에는 그것을 또한 모두 잃는 순간이 오게 되는데 바로 망연자실하게 되는 자의 절망이 거기에 있는 것이다. 반복되는 그와 같은 시련들은 영혼을 소진시키고 동시에 열광시키면서 도박자를 완전히 혼미하게 만들어 버리기 때문에 일상의 감각들은 너무 약해진다. 일상은 자신의 감각들을 집중시키는 일에 익숙해진 도박자가 관심을 갖기에는 너무 느리고 너무 연속적이기 때문이다.

다행히 피포를 위해 그의 아버지가 많은 재산을 물려주었기에 도박에서 잃거나 따는 것이 그에게 재앙적인 수준의 영향을 미치지는 않았다. 그는 도박을 통해서 악덕이라기보다는 차라리 무위도식에 빠져 있었다. 게다가 그 병에 처방약이 없다고 하기에는 그는 아직 창창한 청춘이었다. 그가 자신의 취미에 괴로워한다는 점이 그것을 또한 증명하고 있으니, 조심스럽게 그를 돌보아 준다면 그의 습관을 고치는 것이 불가능한 일은 아니었다. 베아트리체는 그런 필요성을 외면하지 않았고 자신의 명성은 아랑곳하지 않은 채 연인 곁에서 매일 시간을 보냈다. 다른 한편으로 이러한 만남들에 피포가 포만감이 들지 않도록 그녀는 여인이 구가할 수 있는 모든 교태들을 동원했다. 피포가 자신에게 질리지 않을까 걱정을 하면서 그녀는 새로운 드레스로 갈아입었고, 머리, 장식, 말까지도 끊임없이 다양하게 바꾸었다. 피포는 그런 잔꾀들을 이미 눈치 채고 있었다. 하지만 피포는 그로 인해 짜증을 낼 만큼 바보는 아니었으니 정반대로 러프 칼라를 바꾸듯 기분을 맞추면서 자신도 그만큼 노력했다. 하지만 그러한 것들을 따로 배울 필요가 없었던 것은 시시각각 필요한 것들이 자연스럽게 떠올랐기 때문이었다. 그는 때때로 웃으며 말했다. "모래무지는 작은 물고기이나, 그 놈이 부리는 변덕들은 가히 귀여운 열정이 아니겠습니까."

쾌락을 사랑하며 살아가는 우리의 두 연인은 아주 잘 지냈다. 하지만 단 한 가지가 베아트리체를 근심시켰다. 미래를 위해 그녀가 세웠던 계획들을 피포에게 말할 때마다, 그는 단지 이렇게 말하며 뿌듯해했다. "당신의 초상화부터 시작합시다."

"그것보다 더 좋은 것이 어디 있겠어요. 예전부터 그렇게 하기로 했지요. 허나 그 다음에 무엇을 하시려는지요? 그 초상화는 사람들에게 보일 수 없고 그것이 끝나면 세상에 이름을 알릴 생각을 하셔야 할 것입니다. 어떤 계획이라도 품고 계신지요? 종교화 혹은 역사화가 될까요?"

그녀가 이런 질문을 할 때면, 그는 언제나 잘못 알아들었다는 듯 딴전을 피우곤 했다. 예를 들어 손수건을 줍는다든지 옷에 단추를 다시 여민다든지 하는 그런 류의 소소한 일들을 하는 척했다. 그녀는 차츰 그것이 예술가의 신비일 수 있으며 피포가 자신의 계획을 말하고 싶지 않은 것이라고 믿기 시작했다. 그러나 그가 도가 지나칠 정도로 비밀스럽다고 생각지는 않았으니, 연인에게 있어 그보다 더 믿음이 가는 사람은 없었다. 요컨대, 믿음 없는 진정한 사랑이 어디 있겠는가. 베아트리체는 이따금씩 스스로에게 이렇게 묻곤 하였다. '그가 나를 속이는 것이 가능하기나 할까? 그의 호의가 단순한 놀이이며 약속을 지킬 속내가 없는 것은 아닐까?'

그런 의심이 들면 그녀는 거의 오만하리만치 위엄 있는 표정을 지었다. "전 당신과 약속을 하였지요. 당신은 일 년 동안이라는 약속을 하셨으며 당신이 명예를 지키시는 분인지 저는 알게 되겠지요." 그러나 그녀가 말을 끝내기도 전에 피포는 그녀를 부드럽게 포옹하였다. "당신의 초상화부터 시작합시다." 그는 그렇게 항상 같은 말을 한 다음 그녀의 화제를 자연스럽게 다른 것으로 돌리게 하곤 했다.

우리는 그녀가 초상화의 완성을 얼마나 보고 싶어 했는지 미루어 짐작할 수 있다. 아무튼지 그것은 결국 6주 만에 끝이 났다. 베아트리체는 마지막으로 모델을 섰을 때는 너무도 기뻤던 나머지 제자리에 앉아 있을 수가 없었다. 그녀는 그림과 의자 사이를 오가면서 기쁨과 감탄이 어린 소리를 지르곤 했다. 피포는 천천히 마지막 붓질을 하면서 이따금씩 머리를 가로저었다. 그러다가 갑자기 눈썹을 치켜 올리더니 돌연 붓을 닦는 천으로 화폭을 문질렀다. 베아트리체는 피포의 옆으로 달려가 그가 초상의 입과 눈을 지워 버린 것을 발견하였다. 그녀는 너무나도 놀랐고 눈물이 걷잡을 수 없이 흘러내렸다. 하지만 피포는 조용히 입을 다문 채 물감들을 상자에 집어넣었다. "눈길과 미소는 표현하기 어려운 두 가지 것입니다. 그것들을 그리려면 영감이 필요합니다. 저는 제 손에 아직 확신이 없어요. 그리고 언제 그것을 갖게 되는지 알지도 못합니다."

초상은 그렇게 미완성인 채로 남게 되었고 입과 눈이 없는 초상을 바라볼 때마다 베아트리체의 근심은 커져만 갔다.

VIII

독자들은 피포가 그리스 포도주를 좋아한다는 것을 기억할 것이다. 동방의 포도주가 피포를 수다쟁이로 만들지는 않았지만 맛난 저녁식사 후의 후식 시간에 이런저런 이야기를 할 수 있는 자연스러운 여지를 만들어 주기는 했다. 그동안 베아트리체는 그림에 관련된 대화를 빠트리지 않았으나 그럴 때면 보통 두 가지 경우가 생겨났다. 피포가 갑자기 입을 다물곤 베아트리체가 줄곧 마뜩지 않게 생각하는 야릇한 미소를 입가에 짓는 것이 그한 가지 경우다. 그렇지 않으면 피포는 경멸감과 데면데면함이 적당히 섞인 어조로 예술에 대해 이야기했다. 그런데 그는 그런 대화 속에서 남다른 믿음 하나를 불쑥 끼워 놓곤 했다.

"멋지게 그려 낼 그림이 있을 겁니다. 로마에 있는 캄포 바치노Campo Vaccino를 석양을 배경으로 되살려 낼 것입니다. 지평선이 드넓게 펼쳐져 있고 광장은 비어 있죠. 전면엔 아이들이 탄광에서 놀고 있을 겁니다. 그 뒤쪽엔 두터운 외투로 몸을 감싼 한 젊은이가 서 있을 겁니다. 얼굴은 창백하며 섬세한 용모 속에 극도의 고통이 깃들어 있습니다. 죽음의 그림자가 모습 속에 완연하게 어른거립니다. 한 손엔 팔레트와 붓을 들고 다른 손은 젊고 건강해 보이는 한 여인에게 기대고 있습니다. 그녀는 미소를 띠며 그를 바라봅니다. 이 장면을 설명하기 위해서 1520년 성^聖금요일^{부활전 직전의 금요일}이라는 날짜를 그림 아래 적어 두어야 하겠지요."

베아트리체는 그 수수께끼의 의미를 어렵지 않게 이해했다. 1520년 성금요일에 라파엘로가 로마에서 죽었던 것이다. 그리고 떠도는 소문이라고는 하나, 그 위인이 정부^{情婦}의 품에서 숨을 거두었다는 것은 확실했다. 따라서 피포가 계획한 그림은 죽음이 임박한 라파엘로를 되살려 내는 것이었으리라. 어느 진정한 예술가가 그 장면을 자연스럽게 묘사한다면 아름다운 장면이 될 수 있으리라. 베아트리체는 이러한 그림의 전후문맥을 알고 있었고 연인의 눈에서 그가 표현하고자 하는 바가 무엇인지를 또한 읽었다.

이탈리아의 모든 사람들이 그의 죽음을 애도했다면 피포는 도리어 이를 찬양하면서 라파엘로의 천재성에도 불구하고 그의 죽음은 그의 삶보다 진정 아름다웠다고 말하곤 했다. 이러한 생각은 웃으며 넘어갈 수 없을 만큼 베아트리체의 마음을 거슬렸다. 이는 사랑이 영광보다 더 가치가 있다고 말하는 것이기 때문이었다. 그리고 한 여인이 이러한 생각을 비난한다면, 적어도 그 비난이 모욕받아서는 안 될 것이다. 피포가 사랑의 소중함에 대해서 다른 예를 들었다면, 베아트리체는 두말없이 그의 생각과 같았을 것이다. "그런데 무슨 연유로 잘 어울리는 그 두 가지를 서로 겨루게 해야 하는 거죠? 사랑과 영광은 형제자매와 같아요. 왜 그것을 나누려고 하시는 거죠?" 그녀는 말했다.

"사람들은 결코 동시에 두 가지를 할 수 없습니다." 피포가 덧붙였다. "당신은 상인에게 셈과 시詩를 동시에 하라고 권하지는 않을 것입니다. 시인에게 시의 운을 찾는 동안 화폭의 길이를 재라고 하시지도 않겠죠. 그런데 당신은 왜 사랑에 빠져 있는 제게 그림을 그리라 하십니까?"

베아트리체는 어떻게 대답을 해야 할지 몰랐다. 그녀는 사랑이 하나의 점유는 아닐 것이라고 감히 말하지 못했기 때문이다.

"그러니까 라파엘로처럼 죽기를 원하십니까? 당신이 그것을 원하신다면 왜 그이처럼 그림을 시작하시지 않으십니까?" 그녀가 물었다.

"정반대이지요, 라파엘로처럼 죽을까 봐 그렇게 하고 싶지가 않습니다. 혹은 화가이면서 사랑에 빠진 라파엘로가 틀렸거나 사랑에 빠진 채로 그림을 그리기 시작한 것이 잘못이었겠지요. 그가 서른일곱 살에 찬란하게 죽은 것은 그 때문입니다. 정말입니다. 하지만 죽음을 맞이하는 좋은 방식이란 없겠지요. 그가 걸작 오십 점을 덜 그렸다면 성당을 다른 화가에게 장식하도록 궁리해야 했을 교황에게는 큰 불행이었을 것입니다만, 그의 연인인 빵집 아가씨*는 적어도 오십 번의 입맞춤을 더 받았겠지요.

그리고 라파엘로는 건강에 매우 유해한 유화물감 냄새를 피할 수 있었겠지요."

"저를 그 빵집 아가씨로 만들려고 하십니까?" 베아트리체가 외쳤다. "자신의 영광과 삶에 매진하지도 않는데, 제가 당신을 묻어 주기라도 정녕 바라시는 겁니까?"

"진정, 아니지요. 제가 당신을 변신시킬 수 있다면, 당신을 술의 여신으로 만들 것입니다." 포도주 잔을 입에 가져가며 피포는 답했다. 하지만 사람들이 듣기에 농담같이 들리는 피포의 가벼운 어조 속에는 대개 진중함이 들어 있었고, 그의 조롱들 속에 이성적인 생각이 숨겨져 있었다.

사람들은 예술의 역사 속에서 위대한 예술가들이 힘들이지 않고 자신의 작품을 완성한 것에 대해 말하며, 일과 무질서 그리고 여유까지 함께 즐길 줄 알았던 예술가들을 자주 칭송하곤 한다. 그러나 그보다 더 큰 실수는 없을 것이다. 자신의 재능과 명성을 자신하는 노련한 화가가 방심과 쾌락 사이에서 멋진 소묘를 성공시키는 일이 불가능하지는 않다. 사람들이 말하길 다빈치는 때때로 한 손에 리라^{lyra}를 들고 다른 한 손에는 붓을 들고 그림을 그렸다고 한다. 그러나 모나리자의 저 유명한 초상은 그

---

* 라파엘로의 연인으로 알려진 마르게리아 루티는 부친이 빵집 주인(fornaio)이었다 한다. 라파엘로가 그녀를 모델로 그린 그림에는 「라 포르나리나」(*La Fornarina*), 즉 '빵집 아가씨'란 제목이 붙었다.

의 화대 위에 사 년 동안 놓여 있었다. 결과적으로 너무도 심히 찬양되는 천재적인 재능이 개입되겠지만, 진정으로 아름다운 작품은 오랜 시간과 몰입의 결과인 것이 분명하며 인내가 없는 진정한 천재성은 없는 것이다.

피포는 그러한 원칙을 굳게 믿었고 그의 아버지는 그런 믿음의 터전이 되었다. 실상, 그의 제자 루벤스 외에는, 지금까지 베네치아에 티치아노처럼 참신한 화가는 없을 것이다. 티치아노의 손끝에 생동감이 넘쳤다면, 그의 정신은 인내심으로 점철되었다. 그의 생애 99년 동안 그는 끊임없이 자신의 예술에 정진했다. 그의 초창기는 알브레히트 뒤러의 고딕풍 그림들과 흡사한 건조함과 세심한 수줍음이 깃든 그림들을 그리는 것으로 시작되었다. 오랜 훈련과 작업의 시간이 지나자 그는 대범하게 자신의 천재성을 믿고 붓을 화폭 위에 내달리게 내두었다. 하지만 그는 때때로 그런 방심을 후회하였을 것이다. 미켈란젤로는 티치아노의 그림 한 점을 보다가 베네치아인들이 그림의 원리를 게을리하는 것에 화가 난다고 말했던 적이 있다.

그런데 이 이야기가 진행되고 있는 시대의 베네치아에서는 예술의 쇠락을 알리는 첫 신호인 한심스러운 안일함이 지배하고 있었다. 피포는 자신의 이름에 기대어 약간의 참신함과 학업만으로도 쉽게, 그리고 신속히 이 도시에서 유명해질 수 있었다. 그러나 바로 그것이 그가 원치 않았던 것이다. 그는 그러한 방식을 저속한 자의 무지가 빚어낸 수치스러운 일로 여겼다. 그는 건축가의 아들이 아버지가 이룬 것을 최소한 헐어 내지는 말아야 한다고 생각했으며, 티치아노의 아들이 화가가 된다면 예술의 쇠락에 맞서야 하는 것이 의무라고 여겼다.

하지만 그런 의무를 시도하려면 분명 그의 삶 전체를 고스란히 바쳐야 했다. 그가 성공할 것인가? 불확실했다. 한 세기의 시간 앞에 그가 홀로 맞선다면 변변한 힘조차 발휘하지 못하고 소용돌이 속에서 허우적대는 사람같이 무리들에 휩쓸려 쓸려 가기 십상이다. 아니면 다른 경우가 가능할 것인가? 피포는 셈에 어둡지 않았다. 그는 조만간 자신에게 용기가 부족할 것이라고, 오랜 욕망들이 자신을 다시 끌어들일 것이라고 예견했다. 따라서 예술을 향한 희생이 전체이거나 온전하지 않다 해도 그는 무용한 희생을 하게 될 것이었다. 그러니 그로부터 무슨 열매를 얻을 것인가? 그는 젊었으며, 부자였으며, 튼실했으며, 또한 아름다운 여인이 곁에 있었다. 무엇보다 그에게 가해질지 모를 비난들 없이 행복하게 살기 위해서라면 그는 시나브로 해가 뜨고 지게 두면 되었다. 그를 피해 갈지도 모를, 의심스러운 영광을 위해 그가 그렇게 많은 안락을 포기해야만 할 것인가?

피포는 오랜 생각 끝에 그에게 차츰 익숙해진 무관심을 갈구하는 쪽을 택했다. "내가 지금부터 이십 년을 공부해서 아버지를 따르려 한다면 귀머거리 앞에서도 노래를 불러 대야 할게야.

어쨌든 도중에 힘이 부족해서 나가떨어지면, 이름에 먹칠이나 하는 꼴이 되겠지." 그리고 습관적인 유쾌함으로 "그럼아, 지옥에나 떨어져라! 인생이 너무 짧구나"라고 외치면서 스스로 결론을 지어 버렸다.

그가 베아트리체와 논쟁하는 동안 초상은 여전히 미완성으로 남아 있었다. 피포는 어느 날 우연히 '성모의 종'Servites이라 불리는 수도원에 들어갔다. 그는 성당에 설치된 비계 위에서 앞서 언급했듯이 자신을 티치아넬로라고 명명한 마르코 베첼리오의 아들을 발견하였다. 티치아노의 먼 친척이라는 것 외에는 그 젊은이가 그러한 이름을 쓸 만한 타당한 이유가 전혀 없었다. 그래서 세례명이 티토였던 그가 티치아노, 즉 티치아노 티치아넬로로 불리는 동안 베네치아의 구경꾼들은 그런 덕분에 그가 위대한 화가의 천재성을 상속받았다고 믿었으며 그의 프레스코 앞에서 경탄했다.

피포는 이런 얼토당토 않은 사기에 거의 신경을 쓰지 않았다. 하지만 이 순간 그가 그 위인과 맞닥뜨린 것이 상당히 불쾌하였던 것인지 아니면 그가 자신의 가치에 대해 평소보다 더 심각하게 생각하였던 것인지 우리는 알 수 없다. 아무튼 그는 작은 들보들이 허술하게 떠받치고 있는 비계로 다가가서 그것들 중 하나에 대고 냅다 발길질을 해서 쓰러트렸다. 다행히도 비계는 동시에 무너지지 않았으나 심하게 흔들렸던 탓에 얼룩덜룩 칠해진 색들 사이에서 '티치아넬로'는 술에 만취한 듯 휘청댔다.

간신히 몸의 균형을 추스른 그가 느꼈던 분노를 짐작할 수 있을 것이다. 그는 곧장 비계에서 내려와 욕설을 퍼부으며 피포에게로 다가갔다. 수도원의 신부가 그들을 뜯어말리고자 그들 사이로 몸을 던졌다. 성전에서 서로 칼이라도 뽑을 기세였기 때문이었다. 호기심에 찬 사람들이 몰려들었고 크게 놀라 십자가를 그으며 달아나는 신자들도 있었다. 한 남자가 자신을 살해하려 했으며 그에 대한 심판을 받아야 한다고 '티치아넬로'는 큰 소리로 외쳤다. 그리고 무너진 들보가 그것을 증언한다고 가리켰다. 현장에 있던 사람들이 웅성대기 시작했고 다른 자들보다 힘깨나 쓸 만한 어느 사내가 피포의 멱살을 잡으려 손을 내저었다. 조금 무모한 행동을 했을 뿐이라고 여긴 피포는 웃으며 그러한 난리를 바라보다가 잘못하면 살인자로 몰려 감옥에 끌려가게 될 수도 있다는 생각이 퍼뜩 들었다. 이제 도리어 그가 화를 내기 시작했다. 그를 잡으려는 자를 거칠게 밀어낸 뒤 '티치아넬로'에게 달려들었다.

"바로 너다. 멱살을 잡고 산마르코 광장으로 끌고 가야 할 놈은 너야. 도둑으로 교수형에 처하기 위해서지. 네가 지금 누구에게 말을 하는지 아느냐? 이름을 빌려준 자다. 내가 폼포니오 베첼리오, 티치아노의 아들이다. 조금 전에 너의 벌레 먹은 판자를 한 번 걷어찼지만 부친께서 나와 같은 입장이었으면, 티치아넬로라 자칭하는 너를 깨우치기 위해 나무 위에 있는 너를 흔들어 썩은 사과처럼 떨어지게 했을 줄 알아라. 또한 거기에 그치지 않았을 것이다. 네게 마땅한 대접을 하기 위해 겁 없는 견습생이나 다름없는 네 귀를 잡아 당겨, 이놈아, 두상 하나 제대로 그릴 줄도 모르면서 네놈이 빠져나온 작업실로 도로 질질 끌고 갔을 것이다. 도대체 무슨 권리로 이 수도원의 벽을 더럽히고 있는 것이냐! 그리고 네놈의 이 비천한 프레스코 위에 내 이름으로 감히 서명을 하려느냐? 아서라, 해부학부터 제대로 배우고 십 년간 박피 표본들부터 그리러 작업실로 가라. 내 아버지 집에서 내가 그랬듯이 말이다! 그런 뒤 우리는 네가 누구인지, 너의 서명이 있는지 알게 될 것이다. 그러나 그때까지 내 이름을 쓰려 하지 말라. 그렇지 않으면 영원히 네놈을 세례하기 위해 저 운하에 던져 버릴 것이야!"

그 말을 끝으로 피포는 성당에서 빠져나왔다. 군중들은 그의 이름을 듣자 곧 조용해졌다. 그에게 길을 내주기 위해 비켜섰고 호기심에 찬 눈길들이 그를 뒤쫓았다. 그는 자신을 기다리고 있는 베아트리체가 있는 작은 집으로 갔다. 그녀에게 자신의 모험을 이야기하느라 시간을 허비하지 않고 그는 곧장 팔레트를 잡았다. 그리고 아직도 분노가 가시지 않은 모습으로 초상을 그리기 시작했다.

한 시간이 안 돼서 그는 초상을 완성했다. 그는 그림의 여러

부분들을 바꾸었다. 우선 세세한 부분들을 정교하게 다시 손질했고, 옷의 주름장식들을 좀더 자연스럽게 묘사한 다음 베네치아식 화풍에서 매우 중요한 배경과 장식을 다시 그렸다. 그러고 나서 입과 눈에 다다른 붓질은 마침내 완벽한 표정을 구현했다. 초상의 시선은 부드러우면서도 자긍심이 깃들어 있었다. 입술 위에서 가벼운 솜털 하나가 흩날리는데, 그 입술은 살짝 벌어진 채 고른 치열齒列들이 진주처럼 빛나고 있었다. 그곳에선 어떤 말씀이 새어 나오려는 듯 보였다.

"'왕관을 쓴 비너스'라는 이름으로 부르지 않을 것입니다. '사랑에 빠진 비너스'로 하겠어요." 모든 것이 끝나자 그는 말했다.

우리는 베아트리체의 환희를 가늠해 볼 수 있으리라. 피포가 자신의 초상을 그리는 동안 그녀는 숨조차 제대로 쉬지 못했다. 이제 그녀는 그를 힘차게 포옹하곤 연거푸 감사의 표현을 했다. 그리고 이제부터는 그를 티치아넬로 대신 티치아노라 부를 것이라고 다짐했다. 그녀는 오후 내내 자신의 초상에서 매 순간 발견하게 되는 무한한 아름다움들에 대해 이야기할 뿐이었다. 그녀는 또한 그것이 전시될 수 없는 것을 애통하게 여긴 나머지 구체적인 전시 계획을 세우려고까지 했다. 퀸타발레에서의 저녁 시간은 지나갔고, 두 연인에게 있어 이보다 더 유쾌하고 행복한 적은 없었을 것이다. 피포 자신도 마치 어린아이같이 즐거워하였고 수천 번이고 사랑의 맹세를 했다. 그렇게 오랫동안 함께 밤을 보내고 난 후 베아트리체는 마지못해 몇 시간 동안 그와 떨어져 있기로 했다.

그녀는 혼자였지만 제대로 잠을 이룰 수가 없었다. 생각만 해도 킥킥거리게 하는 계획들, 그렇게 가장 달콤한 희망들이 그녀를 흥분시켰다. 그녀는 벌써 이루어진 것 같은 자신의 꿈, 이탈리아 전역에서 찬양되고 세인의 부러움을 사는 자신의 연인을 그려 보았다. 그녀의 꿈속에서 베네치아는 새로운 영광을 기다리고 있는 것이었다. 다음 날 그녀는 여느 때처럼 약속 장소에 먼저 도착했고 피포를 기다리며 자신의 고귀한 초상을 바라보기 시작했다. 그 초상의 배경으로 펼쳐진 풍경 속에 바위 하나가 놓여 있었다. 베아트리체는 문득 그 바위 위에 주색빛 글귀들을 발견하곤 그것들을 읽으려고 조심스레 몸을 숙였다. 소네트 하나가 깨알같이 쓰여 있었던 것이다.

베아트리체 도나토는 달콤한 이름이라네
당신의 모습은 지상에서 신성한 굴곡을 이룬다네
새하얀 가슴에 깃들어 있는 변치 않을 마음이여,
흠 없는 당신의 몸에 깃들어 있는 올곧은 영혼이여

티치아노의 아들은, 당신을 불멸토록 하기 위해,
사랑의 증언으로 이 초상을 그렸다네,

당신 이외의 다른 것을 그리려 하지 않기에
이날 이후로 그는 그림을 그만두었다네.

스쳐 지나는 그대가 누구이든, 그대의 가슴이 사랑을 알거든,
나를 비난하기 전에 내 연인을 바라보라, 그리고
그대의 연인 또한 이토록 아름다운지 말해 보라!

하여 얼마나 이 세상의 영광이 덧없는지 보아라,
이 초상이 아름답다 한들 (진정 내 말을 믿으라)
연인의 입맞춤 한 번만도 못하기 때문이니!

그 이후, 베아트리체의 노력에도 불구하고, 그녀는 자신의 연
인이 다시 그림을 그리도록 만들지는 못했다. 그는 어떤 간청에
도 뜻을 굽히지 않았으며 베아트리체가 자신을 너무 옥죈다고
느껴지면, 그녀에게 자신의 소네트를 암송했다. 그는 그렇게 죽
을 때까지 게으름을 고귀하게 여기는 삶을 살았으며, 사람들은
베아트리체가 죽을 때까지 자신의 사랑에 충실하였다고 말한
다. 그들은 오랫동안 마치 부부인 듯 살았고 이러한 공적인 관계
로 상처를 입은 로레단 가문의 오만이 베아트리체의 초상을 없
애 버렸던 것은 유감스러운 일이다. 우연히 티치아넬로의 첫번
째 그림이 소실되었던 것처럼.

옮긴이 해제

뮈세, '나는 세기말이다, 고로 존재한다.'

1828년 알프레드 드 뮈세Louis-Charles-Alfred de Musset, 1810~1857
가 파리의 문학 살롱에 처음으로 나타나자, 샤를 생트뵈브Charles
Sainte-Beuve*는 앞으로 19세기 프랑스 낭만파를 대표하는 시인·
극작가·소설가로 등극하게 될 그의 모습을 이렇게 묘사한다.
"늠름하고 자신만만한 이마, 아직도 어린이의 장밋빛을 온전하
게 지닌 꽃 같은 두 뺨, 욕망의 숨결로 뜨겁게 부풀은 콧구멍, 그
는 마치 승리를 약속받은 전사와도 같이 삶의 당당함으로 가득
찼으며, 구두 소리도 드높이, 눈은 하늘로 치뜬 채 걸어 들어왔
다." 아마도 뮈세는 파리의 명문학교 앙리 4세 고등학교를 우수
한 성적으로 졸업할 무렵 시인을 자신의 업業으로 작심한 듯하
다. 당시 친구들에게 보낸 그의 편지에는 셰익스피어와 실러를
능가할 정도의 시인이 되겠다는 문학적 치기와 야망들이 군데
군데 눈에 띈다. 고등학교 졸업 후에 그는 안정된 직업을 보장하
면서도 시를 쓸 수 있는 시간 또한 확보할 수 있는 전공들을 모

---

* 19세기 프랑스의 문예비평가·시인·소설가. 프랑스 근대비평의 아버지라고 불린다.

색한 듯하다. 그는 처음 법과대에 입학했으나 법률 공부의 지루함을 견디지 못한다. 법과대를 자퇴한 후 의과대학에 다시 입학하나 그마저 시체해부 강의에 질려 이내 그만둔다. 그리고 마침내 문학 클럽들을 드나들기 시작하는데, 그의 첫사랑이자 '최초의 부정不貞한 여인'으로 일컫게 되는 드 라 카르트 후작부인을 만나게 된다. 그 관계는 일 년 정도 지속되었다고 하는데 아마도 그때 정념, 배신, 광기 그리고 절망과 같은 사랑의 수순들을 뼈저리게 체험한 듯하다. 그리고 그러한 감정들의 일체는 그의 시 속에 나타나는 뮈세 특유의 낭만적 드라마로 중첩되고 지속된다. 프랑스 낭만주의를 대표하는 또 다른 작가들인 알퐁스 드 라마르틴, 알프레드 드 비니, 생트뵈브, 그리고 당시 문학계의 수장인 빅토르 위고와 접촉하게 되는 시기이기도 하다.

문학사가들은 일반적으로 라마르틴, 비니, 위고, 뮈세를 프랑스의 4대 낭만파 시인들로 꼽고 있다. 그런데 뮈세가 나머지 시인들과 뚜렷이 다른 점이 있다면 바로 정치적 무관심이었다. 비니, 위고, 라마르틴은 모두 당대의 시인이자 동시에 주도적인 위정자들이었다. 시인은 "민중을 인도하고 교화할 의무"를 지녀야 한다고 위고는 선언한다. 낭만주의의 수령이 제창한 이러한 선언에 당시 대부분의 작가들은 동의하나, 알프레드 드 뮈세는 그에 대해 분명히 머리를 가로젓는다. 누군가가 시인이라면, 그는 "민중을 인도하고 교화할" 겨를이 없다는 것이다. 뮈세는 여러

19세기 문학을 연구하는 학자들로부터 라마르틴처럼 영혼 불멸에 대한 믿음이나 종교적 열정도 없고, 비니처럼 생로병사에 대한 철학적인 각성도 없으며, 위고처럼 독자를 압도하는 장중한 어조나 역사가다운 신중성 또한 결여되어 있다는 평가를 받는다. 하지만 그와 그의 작품은 '생을 향한 진정성'이라는 중요한 미덕을 지니고 있는 듯하다. 일테면 그의 낭만성은 사랑 이후의 기쁨이나 슬픔, 혹은 그 오랜 절망의 체험을 날것 그대로 쏟아내는 방식에서 비롯된다.

19세기의 문학평론가 H. A. 텐H. A. Taine은 알프레드 드 뮈세의 작품을 두고 이렇게 평했다. "이 작가는 적어도 거짓말은 결코 하지 않는다. 그는 자신이 느끼고 있는 것만을 토로한다. 그는 자신이 생각하고 체험한 것을 온전하게 그대로 입 밖으로 표현하는 것이다."

따라서 독자는 뮈세의 시 속에서 이론화된 낭만주의가 아니라 낭만주의의 '실물성'에 감동된다. 아마 그는 일찍이 "실물만이 삶이고 실물만이 사랑일 것이다"*라는 사실을 나름대로 확인했던 19세기의 작가였던 것 같다. 그는 당대의 작가들이 모이는 문학 클럽보다는 도박과 향락이 난무하는 유곽을 선호하면서 주류 문단으로부터 많은 비난을 받기도 했었다. 하지만 문학 클

---

* 김훈, 『바다의 기별』, 생각의나무, 2008.

럽 혹은 문학 살롱에 대한 혐오증은 소설 속의 주인공인 '피포'를 통해서도 드러나듯이 모든 실물들에 대한 사랑에서 비롯되었을 것이다. 하여 우리의 소설 속에서 피포는 이런 소네트를 남겼을 것이다.

스쳐 지나는 그대가 누구이든, 그대의 가슴이 사랑을 알거든,
나를 비난하기 전에 내 연인을 바라보라, 그리고
그대의 연인 또한 이토록 아름다운지 말해 보라!

하여 얼마나 이 세상의 영광이 덧없는지 보아라,
이 초상이 아름답다 한들 (진정 내 말을 믿으라)
연인의 입맞춤 한 번만도 못하기 때문이니!

뮈세의 초기 작품집 『안락의자에서 보는 연극』*Un Spectacle dans un Fauteuil*, 1833에 등장하는 롤라Rolla라는 인물은 작가가 살아 온 젊은 날의 초상을 대변하는 듯하다. 롤라는 파리라는 향락의 도시 속에서 그 향락을 선도하는 청년이다. 그는 부모가 물려준 막대한 유산을 "장엄하게 탕진하다가 거덜이 나면 자폭하기로" 마음먹은 인물로 기존의 도덕과 모든 인간적 의무들에 낱낱이 반격을 가한다. 「티치아노의 아들」에 등장하는 피포 또한 롤라의 연장선상에서 이해해 볼 수 있는 인물로서, 아버지로부터

물려받은 유산뿐만 아니라 자신의 예술적 재능까지 스스로 파기하고 "죽을 때까지 게으름을 고귀하게 여기는 삶"을 산다. 그리고 한 여인을 향한 사랑을 선택한 이상 가문의 영광이나 예술은 한낱 '광대놀음'에 불과하다고 천명한다. 뮈세는 이러한 인물들을 통해 19세기 낭만주의를 관류하고 있는 병적病的 성향, 즉 자신이 파리와 베네치아를 오가면서 실제로 경험한 '세기병'mal du siècle을 투영한다. 세기병은 지나치게 예민한 감수성과 상상력에서 오는 고독감, "자신과 자신이 속한 사회와의 단절된 의식, 그리고 이러한 의식에서 비롯된 우수와 불안"[*]을 기저로 한다. 그리고 이러한 고독감과 불안은 가늠할 수 없는 정열을 품고 있기 때문에 더욱 고독하고 더욱 불안하다. 뮈세는 자신의 롤라를 이렇게 소개한다.

> 롤라의 삶을 지배한 것은 그 자신이 아니었다.
> 그것은 그의 정열이었다.──졸고 있는 목동이 흘러가는 물을 바라보듯
> 그는 정열을 그대로 내버려 두었다.
> 정열은 살아 있었다.──그의 육체는 이 창백한 여행자가
> 발정기의 사슴처럼, 로마의 검투사처럼

---

[*] 이지순·이찬규 외, 『프랑스 명작살롱』, 신아사, 2010.

어둠 속에서 자신의 참모습을 발견하고, 자신의 심부를 열기
위해,

때로는 그곳의 침대와 높은 벽을 부수기 위해,

돌풍에 모여들어

단 한 그루뿐인 꽃핀 관목에서 스무 번 사랑을 나누는 유쾌한 새
들처럼,

때로는 함께 도취한 채 노래하기 위해

머무르는 여인숙이었다. (······)**

　그는 그렇게 '여인숙 같은 몸'을 이끈 채 파리의 클럽과 여인
들을 전전하며 "강한 정열을 가진 한 인간에게 닥칠 수 있는 가
장 커다란 불행"을 예감하고 있었던 듯하다. 낭만주의자 뮈세는
"가장 커다란 불행"은 언제나 불멸의 사랑으로 시작된다고 믿
고 있었기 때문이었다. 그리고 그는 마침내 조르주 상드를 만나
게 된다.

뮈세, 상드, 그리고 베네치아

20세기 프랑스 문학계에서 가장 영롱한 사랑의 사건이 있었
다면 아마도 장 폴 사르트르와 시몬 드 보부아르 간의 '계약 결

** 이 시 구절은 김미성이 옮긴 뮈세의 『오월의 밤』(책세상, 2004)에서 발췌했다.

혼'이었을 것이다. 그리고 19세기에는 뮈세와 상드^{Georges Sand,}
^{1804~1876}가 가족들과 파리의 명망을 모두 내버리고 베네치아
로 떠나서 벌인 사랑의 사건이 있을 것이다. 뮈세에 대해 언급할
때 상드를 군이 끌어들일 필요가 있을까? 뮈세는 나중에 그녀와
의 사랑을 회고하면서 이렇게 적는다. "후세 사람들은 우리들의
이름을 마치 두 사람이 하나인 불멸의 연인들의 이름처럼 반복
해서 외울 것이다. …… 한 사람의 이름을 입에 올리지 않고서는
결코 다른 사람의 이름 또한 입에 올릴 수가 없을 것이다."

조르주 상드는 여류 예술가를 업신여기거나 혐오까지 했던
19세기 당시에 소설을 써서 생계를 이어가기로 결심하고 작가
로서 유럽 전역에 명망을 떨친 최초의 여성이었다. 두 아이의 어
머니였으나 남장을 하고 시가를 입에 문 채 파리의 문학 살롱
들을 거침없이 드나들었던 상드는 성과 지배 사회에 대한 전복
의 코드이자 당대의 연애지상주의를 실천한 여성이었다. "사랑
하라, 삶에서 가장 좋은 것은 그것뿐이니"라고 천명한 스물아
홉 살의 작가 상드가 스물두 살인 시인 뮈세를 처음 만난 것은
1833년 여름이었다. 그리고 그 해 겨울, 두 사람은 베네치아로
출발한다.

뮈세는 진작부터 베네치아를 운명적인 사랑의 도피처로 염
두에 두고 있었던 듯싶다. 그는 열여덟 살에 「베네치아」라는 제
목으로 발표한 시에서 이렇게 노래한다. "이탈리아에서 넋을 잃

지 / 않은 자 있단 말인가 / 가장 아름다운 사랑의 날들을 / 간직
치 않은 자 있단 말인가?"

　하지만 이 시를 쓸 당시 뮈세는 아직 베네치아에 가보지 않았
다. 그는 셰익스피어의 『베니스의 상인』과 『오셀로』 등을 탐독
하면서 평화롭고도 눈부신 베네치아의 정경들을 마음속에 그려
보았다. 그리고 뮈세는 사랑하는 여인과 함께 베네치아에 이르
렀을 때, 자신이 쓴 시 「베네치아」 속으로 들어간다는 느낌 또한
받았을지도 모르겠다.

　붉게 물든 베네치아 / 움직이는 배 한 척도 / 물가에 낚시꾼도 / 초
　롱 하나 없는

　해변에 홀로 앉아 있는 / 거대한 사자는 / 고즈넉한 수평선 위로 /
　청동의 발을 들어올리네

　그 주위로, 크고 작은 배들 / 무리를 지어 / 왜가리들을 닮아 / 둥그
　렇게 웅크리고

　희부윰한 / 물 위에서 조는 듯 / 제 깃발들을 가벼이 나부끼며 / 안
　개 속을 가로지르네

희미해진 달빛은/별빛 어린 구름이/지나가는 전방을/흐릿하게 비추네

산타-크로체 수녀원장은/자신의 법의 위로/주름 넓은/망토를 늘어뜨리네

오래된 궁전들/우람스런 회랑들/기사騎士들의/하얀 계단들

그리고 다리와 길들/음울한 동상들/바람으로/물결치는 만,

긴 미늘창을 들고/병기창을 밤새 지키는/보초들을 제외하곤/모든 것이 고요하다네

— 아! 여기 한 여인이/달빛 아래서/귀를 쫑긋 한 채/젊은 미남 애인을 기다리네

준비된 무도회를 위해/치장을 마친 한 여인은/거울 앞에서/검은 가면을 쓰네

향기로운 침대 위에서/황홀경에 빠진 베네치아의 여인/졸음에 겨워 하며/다시금 연인을 껴안네

광녀 나르시사도/곤돌라에 몸을 싣고/아침이 올 때까지/향락
에 젖어 있네

이탈리아에서 넋을 잃지/않는 자 있단 말인가?/가장 아름다운
사랑의 날들을/간직치 않은 자 있단 말인가?

길고 지루한 시간들은/늙은 총독의 관저에 걸린/낡은 벽시계
더러/밤마다 헤아리라고 하세나

연인이여, 차라리/거역하는 그대의 입술에 남겨 놓은……/아
니, 허락된 무수한 입맞춤들을/헤아려 보세

차라리 그대의 끌림을 헤아려 보세/그리고 우리가 관능의 값으
로 치른/부드러운 눈물들을/헤아려 보세!*

　　뮈세는 상드와 함께 1833년 12월부터 1834년 3월까지 약 4
개월간 베네치아의 다니엘리 호텔에 '무슈 뮈세'와 '마담 뒤데
방'이란 이름으로 머물렀다. 그때의 경험과 정경들이 『세기아

* 알프레드 드 뮈세, 『에스파냐와 이달리아 이야기』(Contes d'Espagne et d'Italie)에 수
　록(이찬규 옮김).

의 고백』*La Confession d'un enfant du siècle*, 1836, 「티치아노의 아들」*Le Fils du Titien*, 1838 등과 같은 소설들을 창작하게 하는 바탕이 된다. 「티치아노의 아들」은 『뮈세의 베네치아』라는 제목으로 번역한 이 책의 원제이기도 하다.

그런데 뮈세가 계획한 사랑의 도피는 볼로냐와 페라라를 거쳐 정작 종착지인 베네치아에 이르자 조금씩 꼬이게 된다. 뮈세의 연인 상드가 베네치아에서 거의 강박적으로 소설 쓰기에 몰두하기 시작한 것이었다. 뮈세가 자신의 친구에게 편지로 당시의 상황을 전한 것을 참조하자면, 상드는 시간을 아끼기 위해서 하루에 1리터의 우유만 마시면서 소설 쓰기에 매달렸다. 뮈세도 곁에서 몇 편의 시를 쓰면서 지내 보기도 했지만 그러한 상황이 오래 못 갔던 듯싶다. 뮈세는 이렇게 적고 있다. "나는 하루 종일 일했네. 저녁에 열 줄에 달하는 시를 쓰고 술 한 병을 마셨네. 그 동안 그녀는 우유 1리터를 마시곤 쉬지 않고 소설의 절반이나 써 대는 거야." 「티치아노의 아들」의 주인공 피포가 그러했듯이, 뮈세 또한 일과 사랑을 적절히 배분해서 함께 해나가는 방식을 이해하지 못했다. 하지만 상드는 하루에 얼마간은 함께 글을 쓰고 그리고 남은 얼마간은 온전히 사랑을 하자고 마치 어린아이를 어르듯이 뮈세에게 제안했다. 「티치아노의 아들」에서 피포의 연인이 된 베아트리체도 그와 같은 '훌륭한 제안'을 한다.

"도시에서 떨어진 마을에 제가 외딴 작은 집 한 채를 물색해 놓았어요. 단층짜리 집이죠. 당신이 원하시면 우리의 취향에 맞는 가구들을 들이고 열쇠 두 개를 만들어요. 하나는 당신 것이고 다른 하나는 제가 지닐 것입니다. 거기서 우리는 아무도 두려워하지 않을 것이고, 자유로울 것입니다. 그곳으로 당신의 이젤을 가져오세요. 당신이 하루에 두 시간씩만이라도 일하실 것을 약속하신다면, 매일 당신을 만나러 가겠습니다. 그럴 인내심을 가질 수 있으신지요? 당신이 받아들이신다면 지금부터 일 년 후에 당신은 아마도 저를 더 이상 사랑하지 않겠지만 일하는 습관을 들이실 테고 이탈리아에는 또 하나의 위대한 이름이 새겨질 것입니다. 당신이 거절하신다 해도 제가 당신을 사랑하는 일을 멈출 수는 없겠지만, 그것은 당신이 저를 더 이상 사랑하지 않노라고 말씀하시는 것이겠지요."

뮈세는 자신이 쓴 소설 속의 피포처럼 그런 제안이 훌륭하기에 받아들이지만 이내 감당하지 못했던 것 같다. 피포는 소설 속에서 자신이 감내하지 못하는 이유에 대해서 이렇게 강변한다.

"사람들은 결코 동시에 두 가지를 할 수 없습니다." 피포가 덧붙였다. "당신은 상인에게 셈과 시詩를 동시에 하라고 권하지는 않을 것입니다. 시인에게 시의 운을 찾는 동안 화폭의 길이를 재라고 하시지도 않겠죠. 그런데 당신은 왜 사랑에 빠져 있는 제게 그림을 그리라 하십니까?"

「티치아노의 아들」에서 피포는 티치아노의 둘째아들로 등장한다. 피포는 가상의 인물이지만 티치아노 베첼리오^{Tiziano} $^{Vecellio,\ 1488\sim1576}$는 이탈리아 르네상스 예술의 전성기를 구가했던 실제 인물이다. 그는 베네치아 정부의 화가가 되어 소설에도 등장하는 독일의 카를 5세, 그리고 교황 바오로 3세의 초상화와 「성모 승천」 같은 종교화들을 남겼다. 뮈세는 베네치아에 머무는 동안 바로크 양식의 선두주자로서도 명망을 드높인 티치아노의 그림들을 통해 자신의 문학적 영감을 고양하였다. 그런데 상드는 1833년 12월 베네치아까지 그녀를 이끌고 간 뮈세가 연하의 아름다운 청년이기도 했지만 뮤즈와 대화를 나누는 시인이었다는 점은 애써 간과하고 있었던 것 같다. 시인 뮈세가 공부를 하듯 정해진 시간에 규칙적으로 시를 쓸 수가 있었을까? 그것도 베네치아에서? 뮈세는 격렬한 감정이 치솟을 때만 시를 쓰는 낭만주의 시대의 시인이었다. 그리고 그 격렬한 감정을 느끼기 위해서 매 순간 가장 강렬한 삶과 사랑, 그리고 고통과 환희를 감내해야 했던 낭만주의 시대의 영원한 청년이기도 했다.

그렇게 베네치아에서 상드와 티격태격하다가 뮈세는 앓아누웠던 것 같다. 며칠에 걸쳐 고열에 시달렸고, 헛소리를 해댔다. 상드가 그 때문에 파리에 있는 출판업자에게 돈을 급하게 빌리고자 보냈던 편지도 아직 남아 있다. 이탈리아인 의사가 매일 호텔로 찾아와 뮈세를 치료했다. 그리고 뮈세는 병이 호전되면서 상드가 파젤로라는 이름을 가진 그 이탈리아인 의사와 무지막지한 사랑에 빠졌다는 새로운 소식을 접하게 된다. 뮈세는 1834년 3월 홀로 파리로 돌아오게 된다. 이후에도 "강한 정열을 가진 한 인간에게 닥칠 수 있는 가장 커다란 불행"들이 그에게 많은 시편들을 선사해 주었던 것 같다. 그것들 중 한 편을 여기에 옮긴다.

슬픔

나는 힘과 삶을 잃었지

벗들과 기쁨도 잃었지

나의 재능을 믿게 했던

열정 또한 잃어버렸지.

진리를 알았을 때

그것이 친구라고 믿었지

진리를 이해하고 느꼈을 때

이미 싫증이 나 있었지.

허나 진리는 영원한 것

그것을 모르고 지나치는 자들은

삶을 모르는 자들

신은 말하네, 그리고 신에게 대답해야 하네

세상에 남은 나의 유일한 재산은

가끔씩 눈물을 흘렸다는 것뿐.

베네치아의 유혹

골목 혹은 안개: 유럽의 파리나 런던에 비해서 베네치아에서 거주한 작가들은 그리 많지 않다. 하지만 베네치아만큼 숱한 작가들을 매혹시켰던 도시도 드물다.

한국의 작가 최윤은 자신에게 1994년 '이상문학상'을 안겨준 소설 『하나코는 없다』에서 이렇게 베네치아를 소개한다. "폭풍이 이는 날에는 수로의 난간에 가까이 가는 것을 금하라. 그리고 안개, 특히 겨울 안개에 조심하라. 그리고 미로 속으로 들어가라. 그것을 두려워할수록 길을 잃으리라. (……) 그는 서른두 살의 생애에 그가 본 것 중 가장 놀랍고 이상한 도시 앞에 있음을 알아차렸다." 최윤의 소설에서 언급하고 있듯이 베네치아의 골목들 사이에서 길 잃기만큼 쉽고도 가슴 설레는 경우는 흔치 않다. 헤르만 헤세도 1901년 5월 베네치아에 도착한 이후로 줄곧 골목들 사이에서 길을 잃는다. 그는 자신의 여행수첩에 이렇게 기록한다. "나는 한 술집에서 이 글을 쓰고 있지만 숙소까지 어떻게 가야 할지 모르겠다. 숙소에 가서도 길을 잃고 헤맬 기회가 아직 많이 남아 있을 것이다. 나의 숙소는 조용한 소운하 건너편 페니체 극장 옆에 있다."

새벽에 이르도록 길을 잃고 다니면, 골목의 어귀에서 길을 잃거나 길을 놓아 버린 또 다른 여행자들을 반복해서 우연하게 마주치게 될 때의 즐거움과 진지함은 만만치 않다. 그때 수면 위로 겨울 안개라도 피워 올라 골목들을 뒤덮고 섞어 놓을 때, 우리는 알게 된다. "가장 놀랍고 이상한 도시 앞"에 와 있다는 것을.

곤돌라: 베네치아의 중요한 교통수단으로 사용된 곤돌라는 이탈리아 말로 '흔들리다'라는 뜻을 지니고 있다. 길이 10미터 이내, 너비 1.2~1.6미터인 곤돌라는 고대의 배 모양을 본떠서 선수와 선미가 휘어져 올라가 있다. 16세기에는 사람뿐만 아니라 야채와 식료품 등도 운반하였으며, 그 수는 약 1만 척에 달했다. 1562년 배의 색채는 시령市令에 따라 검은색으로 통일되어 있다. 곤돌라를 검색해 보면, 그에 대한 설명은 대개 이 정도다.

그런데 토마스 만만큼 베네치아의 곤돌라에 대해서 극적인 설명을 한 경우는 아직 찾지 못했다. 그는 「베니스에서의 죽음」에서 곤돌라의 타나토스적 아름다움에 대하여 이렇게 적고 있다. "베네치아의 곤돌라를 처음 타 보거나 오랜만에 다시 타 보는 경우 일시적인 전율, 은밀한 두려움과 당혹감을 느끼지 않을 만큼 담대한 사람이 누가 있을까? 담시譚詩. 발라드가 유행하던 시절부터 하나도 변치 않고 그대로 전해 내려온 이 이상한 배는 다른 물건들하고 있으면 그냥 관처럼 보일 정도로 색깔이 너무도 특이하게 까맣다. 그것은 물이 찰싹거리는 밤에 소리 없이 저질러지는 범죄적인 모험을 생각나게 할뿐더러, 더욱이 죽음 그 자체, 관대棺臺와 음울한 장례식, 말 없이 떠나는 마지막 여행을 생각나게 해준다. 그런데 이러한 거룻배의 좌석, 관처럼 검게 래커

칠이 되어 있고 검은 쿠션이 들어 있는 팔걸이 안락의자가 세상에서 가장 부드럽고 가장 사치스러우며 가장 졸리게 만드는 좌석이라는 것을 알아챈 사람이 있을까?"

침수: 150개의 섬이 400개 이상의 다리들로 연결되어 있는 수상도시 베네치아의 역사는 6세기경까지 거슬러 올라간다. 베네트족이 처음으로 수상 지역에 자리를 잡은 까닭은 적의 침공을 수월하게 막아 낼 수 있었기 때문이었다. 그리고 오늘에 이르기까지 도시는 산전수전을 다 겪는다. 그 중에서도 20세기에 등장한 보트나 수상 버스들은 베네치아를 지속적으로 괴롭힌다. 도시의 지지층인 뻘이 그것들 때문에 무너지기 시작하면서 도시의 지반은 1미터 가량 내려앉게 된다. 가을과 겨울의 정오 무렵이면 산마르코 광장 주변이 밀려오는 바닷물로 잠겨 버리는 것도 그 때문이다. 이제는 지구 온난화의 영향으로 금세기 말에 지구상에서 가장 먼저 사라지게 될 도시 중의 하나로 꼽는다. 그때쯤이면 시인 에즈라 파운드가 『캔토스』*The Cantos*에서 노래했던 베네치아의 '빛'을 더 이상 아무도 바라볼 수 없을 것이다.

거울 같은 수면이 내 앞에서 반짝인다.
나무들은 물에서 움터난다.
대리석 기둥들은 연이어
궁전들을 지나

정적 속에 있다.

이곳의 빛은 태양에서 오지 않는다.

―에즈라 파운드의 『캔토스』 중에서

알프레드 드 뮈세 연보

1810 12월 11일 파리에서 태어나다. 아버지 빅토르는 22권의『루소 전집』을 간행하여 왕정복고기와 7월왕정 초기에 루소 연구의 선구자적 역할을 한 문인이었고, 어머니 에드메는 시인이자 18세기 프랑스 문단의 명사였던 클로드 앙투안의 딸이었다(훗날 뮈세 사망 후 그의 전기를 펴낸 뮈세의 형 폴이 1803년 이미 태어나 있었고, 1819년 여동생 에르민이 태어났다).

1827 명문 앙리4세 고등학교를 우수한 성적으로 졸업한다. 이 무렵 빅토르 위고의 손아래 처남이자 자신의 친구인 폴 푸셰(Paul Foucher)에게 편지를 보내 셰익스피어나 실러 같은 시인이 되고자 하는 문학적 야심을 표명한다. 이 해에 법대에 들어갔다가 다시 의대에 등록하지만 결국 포기하고 만다.

1828 폴 푸셰의 소개로 위고의 문학 클럽에 출입하게 되면서 문단의 재기발랄한 총아로 각광받는다. 이 해 그는 첫사랑의 상처를 남긴 '최초의 부정(不貞)한 여인' 드 라카르트 후작부인과 관계를 맺는다(이 관계는 1829년 초에 끝난다). 또한 이 무렵 뮈세는 부유한 친구 타테 덕에 '조키 클럽'을 비롯한 댄디의 모임에 출입한다.

1830 1월 최초의 시집 『스페인과 이탈리아 이야기』 출판. 12월 오데옹 극장에서 공연된 「베네치아의 밤」의 처참한 실패로 뮈세는 더 이상 공연을 위한 희곡을 쓰지 않기로 결심한다.

1832 8월, 파리를 휩쓴 콜레라로 부친 사망. 직접 생계를 꾸려 나가게 된 뮈세는 글을 써서 밥벌이를 하기로 결심한다(이는 19세기에도 쉬운 일은 아니어서 말년까지 계속 경제적 어려움을 토로하고, 경멸하던 신문 연재소설로 생계를 잇기도 한다).

1833 낭만주의 기교에 환멸을 느끼고, 사회적이고 정치참여적인 시를 비난하게 된 뮈세는 점차 위고의 문학 클럽 멤버들과 거리를 유지한다. 낭만주의 수장 위고와의 불화는 촉망받던 젊은 시인을 평단의 관심에서 멀어지게 해, 점차 평론가들의 언급에서 배제된다. 이 해 두번째 시집 『안락의자에서 보는 연극』 출간. 6월에는 그가 그토록 기다리던 '존재의 근본을 뒤흔들 만한 고통을 수반하는 사랑'의 대상 상드와 만나게 된다. 시인이 기다리던 낭만적 사랑의 이상을 실현할 최적의 계기가 된다(이 연애 이후 가볍고 재기발랄하던 뮈세의 시는 진지해진다). 두 사람은 만난 지 한 달도 채 되지 않아 연인이 되고 12월 이탈리아로 출발한다.

1834 1월, 베네치아에 도착한 상드가 긴 여행에 지쳐 2주간이나 병석에 눕게 된다. 철없는 연인 뮈세는 베네치아의 젊은 의사 파젤로의 간호 아래 상드를 홀로 남겨둔 채 베네치아 관

광을 즐긴다. 1월 말에는 뮈세가 병이 나고, 파젤로가 상드
와 함께 뮈세를 돌본다. 2월 중순, 뮈세는 고비를 넘기지만,
2월 말 상드는 파젤로의 연인이 된다. 4월 상드를 베네치아
에 남겨둔 채 뮈세는 홀로 파리로 돌아온다. 8월 상드는 파
젤로와 함께 파리로 온다. 상드가 파리로 돌아온 후 뮈세와
상드의 관계는 다시 시작된다. 10월 파리에 홀로 남겨진 파
젤로는 베네치아로 돌아가기 전에 뮈세의 친구 타테에게 자
신과 상드의 관계는 뮈세가 파리로 떠난 뒤부터가 아니라
뮈세가 병석에 있을 때부터 시작되었다고 고백한다. 이 '비
밀'은 뮈세에게 전해지고, 이후 상드와 뮈세는 결별과 재결
합을 반복하며 격정적이고 비극적인 겨울을 난다.

1835 3월 뮈세는 상드의 두 아이가 보는 앞에서 상드에게 칼을 겨
누고, 고향인 노앙으로 떠난다. 이후 둘의 관계는 파국을 맞
는다(상드는 '베네치아의 연인'에 관한 진실을 감추기 위해 평
생 필사의 노력을 기울이고, 뮈세가 죽은 직후 베네치아에서 뮈
세의 비정상적인 정신 상태를 강조한 『그녀와 그』*Elle et Lui*라
는 자전적 소설을 쓰기도 한다. 이에 격분한 뮈세의 형 폴의 반
격으로 뮈세 사후에 '베네치아의 연인'에 관한 진실은 19세기
프랑스 문단을 뜨겁게 달군다). 상드와 헤어진 직후 뮈세는
'대모'라 불렸던 조베르 부인과 짧은 관계를 맺는다. 이후 이
들 사이에는 '이름 붙일 수 없는 감정'이 자리잡게 된다.

1837 3월, 뮈세는 조베르 부인의 조카 에메 달통과 편지 교류를 시작한다. 이듬해 3월 에메 달통은 여러 번에 걸쳐 결혼을 제안하지만 뮈세는 거절한다. 이후 이들의 사랑은 서서히 시들게 된다. 이제 뮈세의 문학적 전성기는 막을 내리고, 이후의 작품은 재기가 반짝이는 몇몇 소품 정도다.

1840 최초의 뮈세 시 전집(전 3권)이 발간된다.

1843 뮈세의 희곡이 러시아 상트페테르부르크에서 공연되어 성공을 거두면서 프랑스 밖에서부터 주목받는다.

1844 뮈세의 건강에 문제가 생긴다. 이후 마지막 순간까지 뮈세의 병세는 느리지만 지속적으로 악화된다. 정부로부터 레종도뇌르 훈장을 받다.

1847 11월 코메디 프랑세즈에서 공연된 「변덕」이 대성공을 거둔다. 1830년대에 외면받아 온 뮈세의 희곡이 계속 무대에 올려지기 시작하고, 그의 시도 다시 주목받아 베스트셀러 시인의 대열에 합류하게 되면서 많은 젊은이들을 사로잡는다.

1852 뮈세는 아카데미 프랑세즈 회원으로 선출되는 영예를 안는다. 이후 그는 직접 엮어 낸 자신의 시선집을 두 권 발간한다 (『초기 시집』, 『신시집』).

1857 3월 2일 새벽 뮈세는 숨을 거둔다. 3월 4일 파리의 페르라셰즈 묘지에서 거행된 장례식에는 30여 명의 지인만이 참석하여 시인의 마지막을 함께한다.

작가가 사랑한 도시 시리즈

100년 전 도시에서 만나는 작가들의 특별한 여행 그리고 문학!!

01 플로베르의 나일 강 귀스타브 플로베르 지음, 이재룡 옮김

스물여덟 살의 플로베르가 돛단배로 떠난 넉 달간의 나일 강 여행! 편지로 어머니에게는 나태와 노곤함을, 친구에게는 동방의 에로틱한 밤을 전한다. 훗날 『보바리 부인』에 재현될 멜랑콜리와 권태의 원천이 되는 감각적인 기행문!!

02 뒤마의 볼가 강 알렉상드르 뒤마 지음, 김경란 옮김

1858년, 대문호 알렉상드르 뒤마가 러시아의 변경 볼가 강 유역을 방문한다. 당대 최고의 여행가의 펜 끝에서 펼쳐지는 칭기즈칸의 후예 칼미크족의 유목 생활과 풍습 그리고 그들의 왕성에서 열린 축제까지, 말 그대로 여행문학의 향연이 펼쳐진다!!

03 쥘 베른의 갠지스 강 쥘 베른 지음, 이가야 옮김

코끼리 모양의 증기 기관차를 타고 힌두스탄 정글을 가로지르는 영국군 퇴역대령과 프랑스인 친구들. 성스러운 갠지스 강 순례 도시들의 유적과 힌두교도들의 풍습이 당대를 떠들썩하게 한 세포이 항쟁의 정황과 함께 어우러진 독특한 모험소설!!

04 잭 런던의 클론다이크 강 잭 런던 지음, 남경태 옮김

알래스카 남쪽 클론다이크 강 유역에 금을 찾아 모여든 인간들. 차디찬 설원의 밤, 사금꾼들의 숙박소로 의문의 남자가 피를 흘리며 찾아든다. 야성의 본능만이 투쟁하는 대자연에서 전개되는 어긋난 사랑과 파멸. 섬뜩하면서 매혹적인 독특한 여행소설!!

05 모파상의 시칠리아 기 드 모파상 지음, 어순아 옮김

프랑스 문단의 총아 모파상은 우울증이 심해질 때마다 여행을 떠난다. 시칠리아에 도달한 그가 마주한 것은…… 고대 그리스 신전과 중세의 고딕 성당, 화산섬 특유의 용암 풍광 등 자연과 예술이 하나 된 곳, 모더니티의 유럽인들이 상실해 가는 지고의 아름다움이었다.

06 뮈세의 베네치아 알프레드 드 뮈세 지음, 이찬규·이주현 옮김

베네치아를 무대로 천재화가이자 도박자 티치아넬로와 베일에 싸인 연인 베아트리체가 벌이는 사랑의 사태와 예술적 영혼에 관한 성찰! 낭만주의 시인 뮈세와 소설가 조르주 상드의 "빛나는 죄악" 같은 사랑에서 탄생한 한 폭의 바람 세찬 풍경 같은 예술소설!!

07 에드몽 아부의 오리엔트 특급 에드몽 아부 지음, 박아르마 옮김

1883년 10월 4일, 당대 최고의 여행작가 에드몽 아부가 국제침대차회사의 초대로 오리엔트 특급 개통기념 특별열차에 탑승한다. 최신식 침대차의 호화로움과 파리에서 터키 이스탄불 사이의 여정이 상세하면서도 역동적으로 묘사된 여행 에세이의 백미!!

08 폴 아당의 리우데자네이루 폴 아당 지음, 이승신 옮김

19세기에 이미 전기 설비가 완성된 '빛의 도시' 리우. 폴 아당은 놀라운 속도로 개발되는 도시 외관과 아름다운 자연에 눈을 빼앗기면서도, 브라질 사람들의 순박하면서도 아름다운 생활상을 발견해 내는 아나키스트 작가의 면모를 숨김 없이 보여 준다.

09 라울 파방의 제1회 아테네 올림픽 라울 파방 지음, 이종민 옮김

제1회 올림픽이 열린 아테네에 『주르날 드 데바』 지의 특파원 라울 파방이 도착한다. 기자다운 정확성으로 생생히 재현되는 IOC 창설 과정, 근대 올림픽 개최를 둘러싼 갈등, 각종 경기장들의 건립 상황 등 올림픽 뒤 숨겨진 이야기들!!

10 라마르틴의 예루살렘 알퐁스 드 라마르틴 지음, 최인경 옮김

'평화의 도시' 예루살렘. 유대교와 기독교, 이슬람교가 각축한 복잡한 역사를 고스란히 담고 있는 이 성소로 낭만주의 시인 라마르틴이 병든 딸과 여행을 떠난다. 시인의 내면 깊이 간직된 신앙심과 자연에 대한 애정이 이 도시를 바라보는 시선에 그대로 배어 있다.

*〈작가가 사랑한 도시〉 시리즈는 계속됩니다!

지은이 **알프레드 드 뮈세**(Alfred de Musset)

1810년 파리에서 태어나 문학적 소양을 지닌 부모 아래서 성장했다. 1828년 당대 낭만주의의 수장이었던 빅토르 위고의 문학 클럽에 출입하며 문단의 총아로 각광받았으나, 낭만주의의 기교에 환멸을 느끼고 정치참여적인 시를 비난하게 되면서 위고와 평단으로부터 점차 멀어졌다. 1833~1835년에는 조르주 상드와의 열애와 실연을 겪으며 재기발랄하던 그의 시가 매우 진지해진다. 1847년 희곡 「변덕」이 무대에 올라 대성공을 거두면서 그의 희곡과 시는 다시금 주목받았고 에밀 졸라 등 동시대 많은 젊은이들을 사로잡았다. 1852년 아카데미 프랑세즈 회원으로 선출되었으나, 1857년 사망했다. 대표작으로는 일련의 「밤」 연작시, 장편소설 『세기아의 고백』, 희곡 「안드레 델 살트」, 「로렌자초」, 「판타지오」, 「사랑은 장난으로 하지 마오」 등이 있다.

옮긴이 **이찬규**

성균관대 불문과를 졸업하고, 프랑스 리옹 제2대학교에서 문예학 박사학위를 받았다. 현재 성균관대 문과대학에 적을 두고 있다. 『시문학』으로 등단했으며 주요 저서로는 『불온한 문화, 프랑스 시인을 찾아서』, 『인류의 시작, 선사시대』, 『글쓰기란 무엇인가』, 『시티컬처 노믹스』 등이 있고 역서로는 『노트르담 드 파리』 등이 있다.

옮긴이 **이주현**

프랑스 리옹 제2대학교를 졸업했으며, 같은 대학에서 현대문학 박사학위를 수료했다. 현재 한국문학번역원에 적을 두고 있다.